書下ろし

帝王に死を

悪女刑事(デカ)・黒須路子

沢里裕二

祥伝社文庫

目次

プロローグ

最終ホール。

江波瑠理子はパットの構えを解いて、もう一度グリーンの上でしゃがみ込んだ。パターを眼の前に翳し、ボールとカップまでの距離と芝の目の傾きを確認する。

今シーズンツアーの最終戦『コットン・レディース』。

アパレルメーカーの主催だ。

瑠理子はタイトなミニスカートを穿いていた。しゃがんだ際に無意識に膝が割れる。

ギャラリーが一斉にシャッターを押す音が聞こえた。

すかさずオフィシャルが『お静かに／BE　QUIET』の札を上げる。

シャッター音はぴたりと鳴りやんだ。

いつもなら、女子ゴルファーの嗜みとして、パターの際は、膝頭の開きに十分注意するのだが、今日に限っては、そんな余裕はない。

すでにホールアウトしている間崎恵子(まさきけいこ)とは5アンダーで並んでいる。パー4。ツーオンのファーストパット。これをカップに沈めると、三年ぶりの優勝が転がり込んでくるのだ。

パーでもプレーオフだが、ここで決めたい。決められる距離だ。

賞金の二千万。それがどうしても欲しい。

獲(と)らなければ、事実上の死が待っているからだ。

瑠理子はさらに腰を落として、約二メートル先のカップの周囲を注意深く観察した。股はさらに開いてしまっているようだが、かまっていられない。この際アンダースコートぐらい、いくらでも見せてやる。ちなみに今日はピンクを穿いてきたはずだ。

芝は逆目。カップの手前は軽いスライス。そこは気にせず、ちょい強めにまっすぐでいけそうだ。

瑠理子は立ち上がった。

パターを握り直し、グリーンにセットした。十センチほど引く。ボールだけを見て、ゆっくりと送り出す。

カツン。

お願い、入って。

フォローもきちんととった。そのつもりだった。

が、頭を上げるのが早すぎた。先行きを見たい気持ちを抑えきれなかったのだ。日頃、アマチュアや芸能人に『みなさんがもっともやりがちなミス』として注意しているヘッドアップ。まさかここで、プロの自分がやってしまうとは。

ヘッドアップしたぶん、パターフェースが上がり、トップ気味に入ってしまったようだ。これではボールの回転が速すぎる。

ボールはスライスラインをものともせず、一気にカップを目指す。ギャラリーから歓声が上がる。

「入っちまえ」

キャディの朝田三郎が叫ぶ。

コン。

カップの縁に当たったボールが、十センチほど撥ねた。

いやん、穴に落ちて。ボールって男の子でしょっ。穴が好きでしょっ。

瑠璃子は胸底でそんなことをつぶやきながら必死で願った。

だが現実は非情だ。ボールはカップを飛び越えていく。

オーバー。なんてこった。

カップの向こう側三十センチほどの位置に着地したボールは、さらに勢いがつき、回転を続けている。

「おぉおおお」

ギャラリーから大きな溜息が漏れた。ようやく止まったボールはカップから三メートル以上も離れている。まるで素人ゴルフだ。

これで最終ホールでの勝ちはなくなった。

「切り替えましょう。きっちりパーセーブしてプレーオフで決着つけましょう」

キャディの朝田に、背中を叩かれたが、瑠理子の心臓は爆発しそうだった。

今度は、確実にカップインさせなければ負けだ。賞金の二千万がふっ飛んでいく。二位でも一千万だが、それでは全然足りない。

入れなければ。

そう思うほどに身体が硬直する。

瑠理子は深呼吸をしながら、ボールの位置へと歩を進めた。

グリーン上の空気は張りつめている。

ちらりとクラブハウスの方を見た。同スコア首位の間崎恵子が、パター練習場へ歩きはじめている。そしてその向こう側では、ドレッドヘアにカラフルなセーターを着た男たちが、じっと瑠理子を見つめていた。

　ゴルフ場にも昼の光にも似つかわしくない男たちだった。

　同組の渋谷雪子が、構えに入った。彼女は3アンダー。三位につけている。このホール、同じく三打目だ。

　先ほどの瑠理子より三十センチほど短い位置から、渋谷は軽く打った。やや弱いがうまくラインに乗せている。

　コトン。

　見事にカップインさせた。バーディ。4アンダーとなる。

　やばい。背後から肩を摑まれた気分だ。

　ここで外すと同スコアで二位タイになってしまう。賞金はさらに減る。

「お待たせしました。じっくりどうぞ」

　ホールアウトした渋谷がキャップをとって一礼する。マナーを弁えた同伴者だ。

「ありがとう」

　答えたもののプレッシャーがさらにかかった。

　キャディの朝田が、綿密に芝を読み、狙いどころを指し示す。

「カップ手前でフックです。合わせるなら、強すぎないように」

「わかった。絶対に沈めるから」

瑠理子は、構えに入った。ボールの手前で、何度かパターを素振りしてみる。ここは、しっくりくるまで、やっていい場面だ。

五度目の素振りで、ようやく気持ちとグリップを握る手のひらが一体化した。

カツン。

ボールはわずかに右側に寄って走る。カップに接近するにつれ、左に寄っていく。これでいいはずだ。

入った。そう確信した。

が、次の瞬間、ギャラリーから悲鳴が上がる。

右からツーとカップに寄っていったボールは直前で速力を失った。止まる。

嘘よ。

瑠理子は、約五秒待った。頰の筋肉が鉄のように固くなる。ボールは静止したままだ。

終わった。

唇を嚙みしめながら歩き、残り五センチを沈め、ホールアウトした。4アンダー。二位タイでのフィニッシュだ。

グリーン周りにいたマスコミが、一斉に間崎恵子の方へと駆け寄っていく。勝者と敗者にくっきり分かれるのが勝負の世界だ。

だが、瑠理子には敗者の屈辱以上に辛い試練が待ち受けている。

シャワーを浴びロッカールームで着替え、駐車場に向かった。愛車のポルシェ・カイエンターボの前にドレッドヘアの男たちがたむろしていた。

「お疲れさんです。この車の鍵は預かります。瑠理子さんは、あっちのワゴンへ」

真ん中にいた一番体格のいい男が富士山の方を指さした。黒いアルファードが駐まっている。すでに、スライドドアが開いていた。

「キャディバッグは？」

「それも預かります」

「丁寧に扱ってね」

覚悟を決めて、アルファードに向かった。左右に男が付き添ってくる。

「車の中で、パンツを脱ぐ覚悟はしているんでしょうね」

右の男が言う。瑠理子はそれには答えず、後部席へと足を踏み入れた。

ソフト帽を被った老人が笑顔をのぞかせている。だが眼の奥は笑っていない。手に極太のバイブレーターを握っていた。

第一章　秩序崩壊

1

米国東部時間、午前八時。

窓の外には粉雪が降っている。

黒須路子(くろすみちこ)はマンハッタンの高層アパートの一室で、従妹(いとこ)の谷村香織(たにむらかおり)とテレビを見ていた。

「ニューヨークにいても日本の歌番組がライブで見られるなんて、ホント、世界は狭くなったものよね」

リビングのテレビが日本の音楽特番を流している。

テレビ太陽(たいよう)の老舗(しにせ)歌番組『ミュージックエアポート』の生中継。年末恒例のスーパーライブだ。幕張メッセの特設ステージからだった。

日本の有名歌手の八割方がこの日、幕張に揃うことで知られている。

ニューヨークとの時差はプラス十四時間。日本は翌日の午後十時だ。

「だから私たちもＦＢＩとＣＩＡで研修を受けることになったんじゃないの」

ノーブラの上から大きめのメンズシャツを着た香織が、マグカップを口に運びながら言う。リビングの暖房は充分きいている。

「まあね」

路子は、そう答えたものの、実際はボーナス休暇であった。

今年の夏、公安潜伏員の香織が拉致された事件をきっかけにして、青函トンネル爆破という未曾有のテロを寸前で防止することができた。

結果、事件の黒幕であった芸能界の首領シャドープロの社長、藤堂景樹と民自党幹事長の石坂雅也を闇処理することに成功した。

藤堂はクラブで焼死。石坂は車内で爆死した。

仕掛けたのはどちらも黒須機関だ。

香織が従妹であることが判明したのも、この事件のおかげだ。香織と路子は父親同士が兄弟だったのだ。路子が二歳上。

『黒須機関に一年の休暇をやる。その間、国内から去れ。一年間、ニューヨークのＦＢＩで研修してこい』

警視庁組織犯罪対策部の部長、富沢誠一からそう言い渡された。

公安部所属だった香織も同じ辞令を受けていた。彼女はＣＩＡだ。

それぞれ別々の研修先だが、クリスマス休暇は共に過ごそうということで、マンハッタンに集合した。

この部屋はＦＢＩの所有で、本来は重要証言者を匿うためのセーフハウスである。たまたま空いていたのを、富沢誠一がうまく借り上げてくれたのだ。

『日本の元プリンセスが、マンハッタンに住むことになったばかりなので、年末年始だけでも駆け付け要員として対応させたい。近くなので、十日ばかり貸して欲しい』

もっともらしい口実である。

実際、そんな警備などしない。ここは米国で警視庁になんら権限はなく、ましてや元皇族であってもいまは一般人だ。

だが、ＦＢＩは外交上の問題として、快く受けてくれた。

おかげで路子と香織は、最高のバカンスを楽しんでいた。

「姉さん。今日はロックフェラーセンターの前のリンクでスケートしない？」

香織は路子のことを姉さんと呼ぶ。従妹だが、お互いひとりっ子なので、初めて姉妹ができたようで嬉しいのだ。

ロックフェラーセンターの前に巨大なクリスマスツリーと共にスケートリンクが出現するのは、マンハッタンの冬の風物詩のひとつだ。これまでも数々の映画やテレビドラマの舞台ともなっている。

最近では東京でも、赤坂サカスに小さなリンクが出現したりするが、ロックフェラーセンターのリンクは比較にならないほどでかい。

「そうね。せっかくNYC（エヌワイシー）に滞在しているんだから行ってみたいわ」

スケートは小学生の頃にやったきりだ。路子はスマホで検索した。

平日は二十八ドル。レンタルシューズは十二ドル。時間制限はない。これは超安い遊びではないか。

休日や夕方は混雑するそうだが、日中はそれほどでもなさそうだ。お互い出かける準備を始めることにした。

テレビはつけっぱなしのままだ。

路子は濃紺のコーデュロイパンツにグレーのダウンジャケット。それにニューヨークヤンキースのマーク入りの毛糸の帽子を被った。もちろんこれも濃紺だ。

香織の方は、白シャツの上にアイルランド風の凝った柄の手編みのセーターを羽織り、ベージュのチノを穿いているところだった。

どう見ても公安の潜入捜査員には見えない。観光に来た丸の内のＯＬ風だ。

その香織がテレビを見ながら、不意に呟いた。

「沢田幸雄、なんか冴えない表情ね」

沢田幸雄はシンガーソングライターだが俳優としても評価が高い。ここ三年、女性誌が行う『結婚したい男性タレント』の一位にランクされている。たしか三十四歳になったばかりのはずだ。

つられて路子もテレビを見た。

沢田幸雄は今年の春ごろにヒットしたダンサブルなナンバーを歌っている。十人ほどの女性ダンサーがフレアスカートを翻して踊っていた。

コミカルなダンスだ。

ダンサーの下着がちょいちょい見える。健康的なエロさだ。

路子はコーデュロイパンツのホックを外し、中に手を挿し込みながら画面に見入った。

ショーツの股布が中心にちょっと食い込みすぎだった。それを修正する。

沢田幸雄の甘いマスクを見ながら、股布をすっと伸ばした。

女の平べったい部分がピタッとはりついた。落ち着いた。

「たしかに、いつもの快活さがないわね」

「姉さん、なにアソコを弄っているのよ。いやらしい。幸雄がそんなに好きなの？」

そういう香織が穿いたチノパンは、股間がキツキツで割れ目がはっきり見えている。

「捩れを直しただけよ。あんたこそ、スケートリンクでわざと転んで、M字開脚で男の注目を浴びるつもりでしょうよ」

路子は香織の股間を凝視しながら言った。見るほどに窪んでいきそうだ。

「エロい眼で見ないで、って言うか、あれ、なにしているのかしら？」

香織がチノパンの股間を摘まみながら、テレビに向かって顎をしゃくった。股間は少しだけまともになった。

画面の中、曲のアウトロで客席に頭を下げている沢田幸雄を、数人の男が取り囲み、むりやり左右から腕を摑んでいた。

男たちはいずれもドレッドヘアに黒革の鋲打ちジャンパーだった。ダンス系ユニットに交じって出てくるのであればマッチしているが、プレッピー風の小洒落たジャケット姿の沢田のステージにはまったくもって不似合いであった。

沢田の眼は怯えているように見える。

『恋するプリンセス』という曲で、この演出はないだろう。

インカムをつけたADが数人飛び出してきたが、ドレッドヘアの屈強な男たちは、平気で殴りつけている。

女性ダンサーたちは、かまわず踊っていた。

画面からは不穏な空気がひしひしと伝わってきたが、特に中断されることはなかった。

沢田は拉致されるようにステージ上手へと引きずられていった。

「なにこれ？　半グレの襲撃？」

香織が花柄のダウンジャケットをハンガーから外しながら言っている。

「だったら、まるで昭和の芸能界ね」

路子は銀座のホステスだった母から、昭和の芸能界の様子を何度か聞いていた。

それはテレビ局に誰でも自由に入れた時代で、収録中にヤクザが普通にやってきて、ドラマの主役に「借金返せ」と怒鳴りまくっていたりしたそうだ。

とりあえず穏便に済ませたいプロデューサーが支払うのを見越した示威行為だったらしい。

ナイフを手にしたヤクザがリングサイドで待ち構えていたせいで、悪役で有名な外国人プロレスラーが、場外乱闘を一切せずに延々試合を続けていたという間抜けな話を聞かされたこともある。

ヤクザと芸能界、興行界が親戚のような関係だった頃の話だ。

テレビはすぐにコマーシャルになった。

2

午前十一時。

摩天楼の上は白い空。粉雪が舞っていた。

スケートリンクに人はまばらだった。日本人らしきカップルもいる。

どちらもサングラスをつけているので、人相まではわからないが、追い抜く際に聞いた会話がナチュラルな日本語だったので、間違いない。

「マンハッタンのど真ん中にこんな静かなリンクがあるなんて信じられませんわ」

女はおっとりした口調だった。

「東京はストレスだらけの街だからね。せいぜいのんびりしようよ」

男の声は伸びやかだった。

観光客だろう。

路子はハーフスピードのシューズで快適に滑っていた。

ニューヨークは春と秋が一番だという人が多いが、真冬の、特にクリスマスツリーが飾ってある時期こそが、もっとも『らしい』のではないだろうか。

映画『ゴッドファーザー』でも雪に覆われたニューヨークのシーンが、路子は一番好きだ。

香織は、あまり滑らず、フェンスにもたれていた。ナンパ待ちをしている感じだ。

ここまでの四か月、ＣＩＡの諜報員は香織に見向きもしなかったそうだ。

路子の方も同じだった。いくら隙を作ってみせてもＦＢＩの捜査員が誘ってくることはなかった。

ハニートラップの技量はまだまだ。

射撃訓練で「Ａ」をもらっても路子にはあまり役に立たない。

黒須機関は警視庁からも警察庁からも独立している闇処理専門機関だが、その処理方法は、あくまで事故や別組織の犯行に見せかけなければならない。

線条痕（せんじょうこん）の残る銃器を使用するなど愚（ぐ）の骨頂（こっちょう）である。

当面は休暇のようなものだが、この間に、闇処理企画をいくつか考えておきたいものだ。

そんなことを考えながらスケーティングを楽しんだ。

一番外側を右回りに滑る。

特に決まりはないようだが、ほとんどのスケーターが右回りに滑っているからだ。

滑りながら、出がけに見た日本からの中継が気になった。

あれは、本当の拉致事件なのではないだろうか。

テレビの生番組中に、堂々と芸能人を攫(さら)って行くということは、犯人がヤクザなら、何らかの示威行為と見立てることができる。

映った連中の格好からすると半グレのようだが、目立つためにあんなことをしたとは思えない。

準暴力団に成長した半グレ組織の行動原理は、ヤクザとほとんど変わらない。

路子は黒須機関で独立するまでは警視庁(ホンシャ)の組対部(マルボウ)だったので、そんな想像をした。

東京で闇の地殻変動が起こっているのかも知れない。

ならばそれは、自分たちが芸能界の首領(ドン)、藤堂景樹を闇処理したせいであろう。

一方の雄であるジャッキー事務所のエリー坂本(さかもと)は、業界全体を仕切るタイプではない。

国際社会でいえば『非同盟大国の女帝』という立場だ。

知ったことではないが、心の中に小さな棘(とげ)のようなものが残った。

少し滑り疲れてきた。

路子は、速度を落とし、香織のいるフェンス際に向かおうとした。

そのとき、唐突に数人の男たちが、路子を追い越して行った。身体のあちこちに男たちの肘や肩がぶつかりバランスが崩れそうになる。

子供連れの母親もいるというのに、まったくもって危険なスケーティングだ。

路子はフェンスに寄り、男たちを見守った。

ポケットからバブルガムを取り出す。

チェリー味。白いニューヨークで盛大に膨らませてみた。氷上に映える赤いバブル。日の丸だ。

先頭の男は黒のダウンジャケット。後に続く連中はレザーのようだ。光沢が違っていた。

先ほど見かけた日本人カップルは、慌てた様子で、リングの外に逃げようとしていた。正解だ。

だが、五つの黒い影の先頭者が、そのカップルへ追いつきそうな勢いだ。

とてつもなく速い。

つづく四人も両手を左右に振って全力疾走している。

北京オリンピックにはまだ早いだろうに。

　そう皮肉りながらとりあえず、事故が起こらないようにと見守っていた。警察官としての本能だった。

　ちらりと香織を見やると、彼女もいつでも飛び出せるような構えで、子供連れの方を注視している。お調子者だがやはり警察官だ。権限がなかろうが、街の治安維持のためなら身体を張る覚悟はできている。

「やばい」

　路子は右足を蹴った。身体がすぐに前に出て行く。

　二番目に追っていた男の手にナイフが見えた。真昼の白い光を受けて刃先がギラギラと輝いていた。

　路子はリンクの中央を突っ切るように進んだ。逆サイドから香織も滑走してきた。

「ふたりとも早く逃げて」

　日本語で叫ぶ。

　女の方だけが振り返った。サングラスにマスクをしているので、人相も表情もわからないが、なんとなく品の良い感じが漂ってきた。人品卑しからずである。

男が彼女の手をぐいと引いた。顔は地面に向けたままだ。無理やり女の手を引いていく。

品行下劣な気配。

顔は見えなくとも危機に直面したときの後ろ姿に、人柄が滲み出る。

祖母とベテラン刑事の教えだ。

カップルなのに、その後ろ姿に見える人柄には月とスッポンのような開きが感じられた。

「うわっ」

黒い影の先頭を走っていた男が悲鳴を上げた。

二番手を滑走していた男が、眼の前の男の背中にナイフを突き立てていた。

「あれ?」

路子は自分の勘違いに気づいた。

先頭の男は、カップルを追い、残りの四人は先頭の男を追っていた。

そういうこと?

逆側から切り込んできた香織も、突如エッジを立てた。

「誰を助けるの?」

そもそも大きな眼が、さらに開いている。

「そりゃ、とりあえず刺されている人でしょう」

香織にそう言い、ダッシュで黒い影の集まる位置へと向かった。

「アイム・ア・ジャパニーズ！　ヘルプ・ミー。ゾーズ・ガイズ・アー・キラーズ」

とんでもなく下手くそな英語だ。だが、そのぶん聞きやすい。

「大丈夫？　うちら日本人よ」

香織が叫んでいる。

「ちっ、邪魔すると、ケツにこいつをぶち込むぞ」

一番後ろの男が、伸縮警棒を取り出した。シュッと一振りすると尖端が伸びた。こいつも日本語だった。

その言葉はまずい。

路子は思わず香織の顔を見た。

アウトだった。すでに頭に血が上っている。

「いまケツに突っ込むと言ったわね！　上等じゃん。あんたのチ×ポを輪切りにしてやるわ」

香織が先に突っ込んだ。

この女にケツという言葉は禁句なのだ。

半年前、潜入先からテロリストに拉致された彼女は、さんざんアヌスをいたぶられ、それがいまだにトラウマになっている。

『ケツ』『ぶち込む』という単語に出くわしたとたん、いきなりキレる。それも制御不能の暴れ方になる。

止めねば。

「香織、待ちなよ」

路子は向きを変えた。香織に向かって進む。

一瞬、遅かった。

香織はすでにスケートシューズを振り上げていた。伸びてくる警棒よりも、香織の右脚の方が長かった。

「ぐわっ」

銀色のブレードの尖端が、男の股間に突き刺さっていた。玉袋の位置だった。黒革のパンツの股間がパックリ開いた。スケートシューズのブレードは立派な刃物だ。

「あ〜ぁ」

路子は溜息をついた。

玉袋にスケートのブレードはまずすぎる。

「た、玉袋が裂けた」

男は伸縮警棒を放り投げ、その場に倒れ込んだ。白目を剝き、口から泡を吹いている。

「くそ女、殺してやる」

三番目にいた男が、振り向きざまに、青龍刀を翳してきた。

青龍刀にナチュラルな日本語。中国系日本人か？ ニューヨークはやはり人種のるつぼだ。

「私らの脚の方が長いのよ」

今度は路子が、左足を垂直に上げた。三番目の男の股間ではなく手首を狙う。確かな感触があった。

青龍刀が空に舞い上がる。巨大なクリスマスツリーを背景に銀色に光っていた。イルミネーションのひとつのようだ。

つづけてもう一発。今度は右足を斜めに上げ、横に振った。

「うわっ」

三番目の男の鼻梁をブレードの底が舐めた。男が顔を引く。

「悪漢らしい顔にしてあげる」

路子はさらにブレードの底を、男の頬に押し付けた。

「痛てぇ」

皮膚がすっと切れる。血が鮮やかに舞った。白のリンクは赤に染まる。あちこちに日の丸を描いた気分だ。

「銀次、相手が違うだろう。この記者を攫わねぇと。スーボーにどやされる」

二番目に走っていたナイフを持った男が言った。

「文太はこのままにしておくのか。金玉袋が破れたままらしい」

銀次が文太を指さした。氷に股間をぴったりつけている。アイシングで痛みをこらえているようだ。

先頭は記者だったようだ。少し事情が読めてきた。

路子は香織に目配せした。いまに誰かがポリスに通報するだろう。日本人同士の揉め事にニューヨーク市警の手を煩わせるのは、警視庁刑事の沽券に関わる。

ふたりは一斉に声を上げた。

「きゃあ～」

「うわぁああああああ」

ふたりの声が重なって悲鳴のハーモニーになってしまった。なんだか迫力がたりない。

ブロードウェイのミュージカルではないのだ。

ふたりで仕切り直した。

「わぁああああああああああああああああ」

「いやぁあああああ、いやぁあああああ」

バラバラにすると迫力が増した。

滑走を楽しんでいた客たちが、怪訝(けげん)な顔でこちらを向いた。その数、ざっと五十人。

すでに向かってくる者たちもいた。

記者を刺した男が叫び、大きく手を振った。

「なんでもない。転倒しただけだ。自分たちで片づける」

流暢(りゅうちょう)な英語だった。

銀次ともうひとりが文太の背中を起こしている。

「平蔵(へいぞう)、お前も、文太の脚をもってくれ」

銀次が声を尖(とが)らせた。

「わかった。スーボーに殴られそうだが、しかたねぇ」

三人が玉袋が裂けた文太を担ぎあげ、リンクの外へと逃げていった。リンクに平穏が戻る。

「あんた、なにやらかしたのよ」

路子は背中を浅く刺された記者に滑りよった。とりあえず、手を差し伸べる。バブルガムを膨らませながらだ。

「すまない。週刊文潮の梶原俊市という者だ」

男はサングラスを外した。刑事と似たような眼をしている。路子はふと盟友だった毎朝新聞の川崎を思い出していた。死してちょうど一年が経つ。

「ニューヨークくんだりまで、スクープを追ってきたわけ。さっきのカップル何者なの」

腰を下ろして訊いた。梶原は背中を押さえながら氷上に片膝をついた。

「男は、永井エージェンシー所属の俳優の花形祐輔。女は久遠寺貴子。交際が噂されていたが、国内ではどうしてもツーショットが撮れなかった。だが、三日前に久遠寺貴子がひとりでニューヨークへ向かうという情報があったので、俺が同じ航空機を押さえて追ってきた。タイムズスクエアのインターコンチネンタル・ニューヨークのロビーで作り笑いを浮かべて待っていたのは花形だった」

梶原はポケットから名刺入れを取り出し、一枚差し出してきた。こんな場面でもまず名刺を出すのがいかにも日本人らしい。

文潮社のロゴマークがついた名刺は本物のようだった。

「花形祐輔って……」

　女癖の悪さで有名な俳優だ。三十代前半のはずだが、五十代の大物女優から十代のアイドル女性ユニットのメンバーまで手当たり次第粉をかけて、食いまくっていると報道されている。

　芸能人の色恋沙汰はそれ自体が芸の肥やしともされるが、花形の場合は、ちょっと黒い影が差していた。

　二年前、あるテレビ局の女性アナウンサーが入水自殺した。報道番組のアンカーもしていた看板アナウンサーだった。その理由が花形との交際の破局によるものだとの噂が絶えないのだ。

　特に興味があったわけではない。すべて美容院で読む女性週刊誌から得た知識だ。

「一緒にいた女は何者？」

　香織がスケートシューズを一歩踏み出しながら訊いたので、梶原は身構え、股間を押さえた。金玉を蹴られるのが怖いらしい。

「それより、あんたらは？」

「日本大使館の警備員」

　香織が即答した。まんざら嘘でもない。

在外公館警備対策官は警察官、自衛官、海上保安官、公安調査官など所属官庁からの出向者で構成されている。

捜査機関での研修となっている路子と香織は、在米日本大使館の警備対策官の予備役としての命も受けている。

「なるほど、喧嘩慣れしているわけだ」

「あのお嬢さんが、最近まで宮さまだった方なら、すぐに大使館に通報しなければならないわけよ」

それは、マジな話だ。

「いや、彼女は丸久商事の社長、久遠寺正一郎のひとり娘だ。曾祖父は参議院議長も務めた久遠寺文麿。名家中の名家の惣領娘というわけさ。花形は結婚して種を植えただけで、生涯セレブとして暮らすことができるだろうな」

これは驚いた。

なるほど彼女からは高貴な香りが漂っていたわけだ。ナンパ師花形としては、一世一代の大博打に出たということか。

「現在のグループの総帥は、丸久銀行の頭取で叔父の久遠寺利光氏だが、すでに八十四歳なので引退時期を模索している。現在五十八歳の正一郎氏が、近々にグループ総帥になるのは間違いない。花形は、その娘に粉をかけたということだ。貴子さんは本気だ。かきくどいて、利権を手に入れる気だろう」

「恋する女は、彼になんでもあげたくなっちゃうものね」

路子は肩を竦めた。

花形がいかに計算ずくで垂らし込んだにせよ、恋愛も結婚も自由だ。他人がとやかく言うことはできない。

「花形は俳優で公人だけど、貴子さんはいかに名家の娘とはいえ私人じゃない。週刊誌に追い回される筋合いはないと思うけど」

香織が一歩前に踏み出した。

「違う。貴子さんはマインドコントロールにかけられているようなものなんだ。花形の本性を知らない。我々が徹底的に花形の魂胆を暴いて、貴子さんの目を覚ましてやりたい」

梶原が背中を押さえながら起き上がった。

「それはメディアの思い上がりというものだわ。恋愛は私的なものなはず。メディアが煽り立てて崩壊させる方が、自然の摂理に反しているわ」

路子は声を尖らせた。

その恋愛なり、結婚なりが破綻しても、それは自己責任であろう。本人が教訓とすればいいことだ。

「特に、このケースはファクトの報道というよりも、単純に大衆の好奇心に応えているだけじゃん」

香織も梶原を非難した。

「そうじゃないんだ。この裏にはいくつもの問題が入り組んでいるんだ。単なる恋愛話ではない」

梶原が頰を膨らませて反論してきた。と、顔が歪む。浅いとはいえ背中の切り傷が痛むようだ。

「まぁ、まずは治療ね」

路子が促しリングサイドへと向かう。

シューズを履き替え、六番街を歩いた。

梶原を路子と香織で挟むようにして歩く。左右から腕を絡めて支えているのだ。

ラジオシティの近くにある日本料理店を目指す。

そこで内密に日本人医師を手配してもらう。そういう一面を持った日本料理店だ。警視庁公安部の提携店。黒須機関も利用許可を得ている。

俳優や名家のお嬢様の恋愛話には関心がないが、それを取材していた記者を襲った連中が何者であるかには興味があった。

プライバシーを暴露したがる週刊誌も嫌悪しているが、言論を暴力で封殺しようという輩（ヤカラ）は断じて許せない。

「襲撃犯に関してなにか覚えは？」

「いずれ芸能界か財界が放った刺客（しかく）さ。日本にいづらくなった半グレは、ほとぼりが冷めるまで海外にいることが多い。スワップした金でのうのうと暮らせるからね。そんな連中が退屈しのぎに暴行を引き受けたってところだろう。こっちの方がやりやすいし、日本の警察に追われずにすむからな。ニューヨーク市警は、日本人同士の暴行事案など立件しない。殺さない程度にたこ殴りして、俺を脅すつもりだったのさ」

その通りだろう。

いまやこの街には、日本の半グレも多く居住している。査証（ビザ）の関係で一旦はカナダや南米に出るものの、三年、四年単位で、ニューヨークに住み着いている者も多い。

それも豪勢な暮らしぶりだ。

彼らは、ニューヨークの特にアジア系マフィアと提携し、相互扶助で暮らしているのだ。

日本で特殊詐欺などによって稼いだ金を国内で大っぴらに使うことは憚られる。また海外に持ち出すことにもリスクがある。

半グレやヤクザにとって警察より怖い国税庁が睨みをきかせているからだ。刑務所に入ることを厭わない半グレも国税庁のGメンに金を持っていかれることは、恐れている。

しかし、それではせっかく稼いだ金が寝ているだけになる。

寝ている金は結構あるのが現状だ。

しかも、間もなく一万円札が変わる。いま、焦っている犯罪者は多い。

国がときどき新札に切り替えるのは、不正蓄財の現金を使えなくするためでもある。

不正取得ではなく、正当な現金を箪笥に入れて貯めている者は何ら恐れることはない。

本来、紙幣は明治時代に発行されたものでも使用は可能なのだ。

旧紙幣は、市中の店では受けとってくれないものの、銀行へ行けば等価で新札に替えてくれる。大正の十円札も、昭和の中頃まであった板垣退助の百円札も、銀行へ持っていけば、いまどきのピカピカの硬貨に替えてくれる。

ただしかつては車一台買えただろう十円札も、いまの十円玉になるだけだ。

だが、違法行為で手に入れた現金を、大量に銀行に持ち込むわけにはいかない。そこには税務署の眼が光っているからだ。

そこで生まれたシステムがスワップだ。

それぞれ違う国の悪党が、紙幣をその日の相場で等価交換するのだ。

東京にいるニューヨークギャングが二千万円を受け取ったら、ニューヨークにいる日本の半グレに相応のドルが渡される。あるいは、滞在用の高級コンドミニアムや車、食事代、ショッピング代、女、すべてが提供されるわけだ。

例えば、高級ブティックや宝石店で買い物をしても、支払いはニューヨークのマフィアが受け持ってくれるという寸法だ。

日本で特殊詐欺で稼いだ金を、ニューヨークで使って満喫しているというわけだ。

犯罪はどんどんグローバル化しているが、警察が逮捕できる範囲は限られている。

元組対刑事（マルボウ）としては、歯がゆい思いだ。

「そういうあなたたちも、海外のパパラッチと組んで、スクープ写真をものにしているんじゃない。同じ穴のムジナよ」

香織が冷たく突き放す。同感だ。

「まったく別の世界のスキャンダルをあばくことが、政界の悪事に発展することも多々ある。誰かが叩かないと見えない埃（ほこり）が、この世にはたくさんあるんだ」

梶原は、どこまでもおのれの正当性を主張してくる。ジャーナリストとしての気骨はあるのだろう。

立場の違いで、溝(みぞ)は埋まらないのだが。

ラジオシティ・ミュージックホールの前までやって来た。本日は休館していた。

「もう少しよ。事情を言わずに見てもらえる日本人医師を呼ぶから、安心して」

路子は言った。ここまで手助けするのは、この男から、より詳しい事情を訊きだしたいからだ。

記者は刑事にとって情報の宝庫だ。

弱みを握って情報提供者(エス)に仕立てたい。

と、そのときだった。

舗道の脇に大型のバンが急停車した。スライドドアが開き、カメラや照明を持った男女が数人降りて来た。

テレビクルーか何かの撮影隊のようだ。

「こんにちは！　ようこそマンハッタンへ」

女性レポーターが拙(つたな)い日本語で路子たちに話しかけてくる。

金髪の鼻筋の通った美人だが、全体から漂う雰囲気はヒール役の女プロレスラーだ。

カメラと照明が三人に向けられた。光量がやたら多く、一瞬、眼がくらんだ。手で庇(ひさし)をつくり梶原を見やると完全に眼を瞑っていた。

「ユーは、なにしにマンハッタンへ？」

日本のテレビ番組を真似た質問だ。アシスタントディレクターの巨漢の白人がいきなり路子の腕を摑んだ。格闘家のような強い力だ。

ぐいと引かれる。紺碧の眼が笑っていなかった。

おかしい。こいつらテレビクルーなんかじゃない。

路子はすぐに取られた腕を逆手にとって捩り上げた。

「うぎゃっ」

悲鳴の声色は万国共通だった。

香織も別な男にハグされていた。アフリカ系だった。ハムのような腕が香織の背中に巻き付いている。

「なにするのよ。このスケベ野郎」

香織の左手がすっと下がり、黒人の股間に伸びる。肩に力が入った。

「あぅうう」

黒人が眼を剝いて、その場でぴょんぴょんと跳ねた。玉を握り潰されたらしい。香織の睾丸攻撃への執着は凄まじい。アナル暴行を受けて以来、それが男への復讐の念になっているのだ。

「なんてことなの。もういいわよ。こいつだけでいい」

レポーター風の女が、梶原の肩に手を回し、車に引っ張り込んだ。カメラと照明マンも後退していく。

傍目には、撮影クルーにしか見えないが、こいつらはあきらかにギャングだ。

「待ちなさいよ」

路子はアスファルトを蹴った。三十センチほど上がる。いったん右脚を折り畳んだ。

膝頭を突き出し、女の額を狙う。

「くらえ」

落下を試みた、そのときだった。ライトが顔に向けられた。光量が一気に増えている。

まるで太陽のような光の洪水におそわれた。

路子の網膜に激痛が走った。

限度を超える光は視覚を奪う。三百六十度ホワイトだ。

そのホワイトの中心から何かが飛び出してきた。路子の額に激痛が走る。

「うわっ」

マイクだった。いや、厳密にはマイクの形をした鉄の棒だ。

路子は、そのままアスファルトに肩から落ちた。何度頭を振っても、視界は開けなかった。

音だけは聞こえた。

感覚だけを頼りに歩道の隅の壁に寄りかかる。

香織も同じようにしたようだ。

三分ぐらい経っただろうか。ようやく六番街の街並みが見えてきた。ラジオシティの前に座り込んでいたようだが、幸い何も奪われていなかったようだ。

香織がサングラスをかけてくれたようで、目の痛みはいくらか楽になっていた。

「香織は平気?」

「私も、クラッと来たけど、光線の向きが姉さんだったので、もろには食らわなかった。そのぶんだけ回復は早かったみたい。あのライト、大砲(キャノン)ばりの威力ね」

香織もサングラスをかけていた。

確かにその通りだ。

一般で販売されているわけがない。

「米軍の最新鋭の特殊閃光弾(スタングレネード)とか?」

路子は眼を擦(こす)りながら呟いた。

「誘拐事件の人質解放には有効ね。警視庁の特殊部隊(SAT)も使用するべきだわ」

香織が両手を広げて言う。

歩道を行き交(か)う人々は、路子たちを一瞥(いちべつ)することもなく通り過ぎるだけだ。

ニューヨーク六番街。

ここではちょっとしたパフォーマンスがあった程度の感覚でしかないようだ。

「今来た連中も、日本の半グレのカウンターパートナーかな」

路子が訊いた。

「だとしたら、日本でも相当大きな勢力が動いているってことね」

香織が他人(ひと)ごとのように、粉雪の舞う摩天楼を見上げている。

「あの、梶原俊市って記者、かなりやばくない？　日本ならとにかく、この国なら、簡単に殺されちゃうかも」

路子は、ＦＢＩに依頼して捜索すべきか迷った。同じ日本人なのだ。

「でもさ、路子お姉ちゃん。手を差し伸べるべきだと思うんだけど、そうすると、あの記者も攫った連中もうちらの素性に迫って来るよね。特務機関の人間としては、それまずいでしょう。スキャンダルを追いかけていた記者はそれなりにリスクを覚悟していたはず。自業自得よ」

香織がおでこに雪をつけながら笑った。さすがは根っからの公安の潜伏員。彼らは目の前で殺人事件が起こっても任務に無関係であれば、刑事部に目撃情報すら提供しない。

「そうね。拉致されたのが日本人でも、捜査するのはニューヨーク市警の仕事よね」

路子もクールに割り切ることにした。東京にレポートはするが、直接関わることでもあるまい。

「そういうことよ」

「やれやれ、とんだスケート遊びになったものね。気分転換にヒルトンのカフェでコーヒーでも飲む？　それとも近代美術館（MOMA）で絵画鑑賞とかする？」

どちらも通りひとつ向こうの五番街だ。

「この際、バーガーキングでよくない？」

香織が笑う。イエローキャブのクラクションがけたたましい音を立てている。

「それが一番かも」

ようやく視力が回復したので、路子は立ち上がった。

あちこちのマンホールから蒸気が上がっていた。これも冬のマンハッタンの風物詩。

地下に張り巡らされたスチームパイプから上がる蒸気だ。

百年以上前に供給を開始され、いまも二千ものビルでスチームヒーターが活躍している。古い劇場では、ジーン・ケリーやジュリー・アンドリュースが生きていた時代と同じ温もりが流れているというわけだ。

決して安全ではないが、味がある。

敢えて蒸気の中を歩いて、はしゃいでいるとスマホが鳴った。

東京の富沢からだった。

「遅くまでお疲れさまですね」

バーガーキングの看板を見ながら答えた。東京は深夜一時過ぎだ。上司だが、富沢の弱みはたくさん握っている。

「エリー坂本さんがたったいま亡くなった。ご長男が黒須への遺言を預かっているそうだ。帰国しろ」

富沢の声は沈んでいた。

「遺言？」

すぐに眼と鼻が熱くなったが、努めて冷静に答えた。

「そうだ」

どういうことだろう？

ニューヨークに発つ前に乃木坂（のぎざか）のジャッキー事務所でエリー坂本と会った。夏のことだ。

「いいところよ。特に冬がいいの」

エリー坂本は自分が生まれ思春期を過ごした街について、あれこれ思い出話を聞かせてくれたものだ。

彼女がこの街で生まれたのは九十三年前。戦前と戦後、それぞれ日本への一時帰国はあったが、トータル二十年以上も住んでいたという。

そして最後に言った言葉を思い出す。

「私、たぶん、今年のクリスマスはツリーが見られないと思うの。あなたは元気でね」

驚くほど爽（さわ）やかな笑顔で言っていた。

路子にもその予感はあったが、当然否定して別れて来た。

だが現実となると辛い。

「黒須、すべての荷物をまとめて、三日以内に東京へ戻れ」

富沢の声が大きくなった。六番街四十七丁目のざわめきをものともしない大きな声だった。

「一時帰国ではないってこと？」

ＦＢＩでの研修は来年の夏までのはずだ。事実上の休暇をまだ楽しみたいわけではないが、急すぎる。

「黒須機関の新たな任務が決定した。ただちに遂行してもらう」

「ボス、早すぎでしょ」

ふと溢れ出した涙を拭いながら、あえて失意を悟られないようにつっぱった言い方をした。

「芸能界の秩序が崩壊した。長官から立て直しの工作をするようにと命が下った。もちろん、闇処理対象だ」

「なんですって」

「おまえさんがシャドープロの藤堂を処理したことでバランスが崩れたのは知っているな？」

「はい。藤堂のかつての盟友だった永井雅治(まさはる)があらたに仕切り出したとか」

どんな世界でも独裁者が去れば、また新たな独裁者が生まれる。

「永井は藤堂以上にドライだ。非同盟大国の女帝エリー坂本さんが秋以降、すっかり表舞台に姿を現さないのを見て、一気に勝負をかけてきたのだろう。阿漕(あこぎ)な手口で引き抜きをはじめている」

どこからか、テナーサックスの音が響いて来た。街角を彩る路上プレイヤーのひとりだろう。

『サイレント・ナイト』のメロディ。

粉雪に煙る中、むせび泣くような響きが迫って来る。

「阿漕な手口とは？」

「電話でいちいち説明させるな。坂本譲二さんも早く会いたがっている」

エリーの長男坂本譲二は、ジャッキー事務所の二代目社長となっている。

「わかったわ。今夜中にケネディ空港を発つ」

「便が決まったらメールに入れておいてくれ。いまから俺は眠る」

「私は、いまからパンツを穿きます」

ジョークを入れた。そうしないといまにも大声で泣き出してしまいそうだ。

「えっ？」

と富沢が声を張り上げた。

想像してやがる。

「スケベ！」

路子はそういってスマホを切った。

大粒の涙が、マンハッタンの景色を滲ませた。

エリー坂本が見たマンハッタンの蒸気を、いま私も見ている。

第二章　潜入開始

1

横綱が土俵入りしていた。

去年、昇進したばかりの横綱だ。路子は大ファンである。錦絵で見た江戸時代の最強横綱、雷電為右衛門を彷彿させるのだ。

特に肩の盛り上がりと睨みの鋭さ。この横綱は、令和の雷電だ。

「触ってみたくなる筋肉ですね。あの胸の谷間に頬擦りしたい」

黒須機関のドライバー堀木勇希が身を乗り出して見ていた。勇希も格闘家である。今日は珍しくスカートを穿いて来ている。勇希の太腿がちょうど横綱の腕ぐらいだ。

「勇希、横綱をそんなスケベな目で見ないで。穢れるじゃない」

路子は勇希の膝を叩いた。桟敷席である。四人席にふたりで座っていた。

横綱が四股を踏むと同時に大きな拍手が上がった。コロナ禍で『ヨイショ』の掛け声は自粛されているが、そのぶん拍手が大きい。

割れんばかりの拍手に重なって、一段上の席からしわがれ声が聞こえた。

「潜り先はルーレットレコードに決まった。刑事部、公安部、それにうちと三部門で検証した結果だ。あそこから手を突っ込むのが一番深いところまで到達できそうだ」

富沢誠一の声だ。

そうでなくとも聞きとりにくい声質なのだが、マスク越しなのでよけいにはっきりしない。しかも五千人もの拍手と被ってだ。

それでも何とか社名は聞き取れた。

芸能事務所ではなく、レコード会社が的ってことだ。

「私に歌えと？」

路子は前を向いたまま答えた。西方力士の塩が高く舞い上がった。

富沢が軽く舌打ちするのが聞こえた。

「スタッフとして入社しろと言っているんだ。ちょうど中途採用のスタッフを募集している」

そういうことか。路子は顎を引いた。だが「はい」とは返事はしない。留保の態度だ。

「役作りには、うちの稽古場をお貸しします。それに飛び切りのメイクアップアーティストと演出家も準備しました。もちろんエリーの直轄だったスタッフなので、裏切るようなことは絶対にありません」

今度は坂本譲二のようだ。

澄んだよく通る声だった。富沢の隣に座っているようだ。

譲二の声は、同じように拍手に被っていても、路子の耳にダイレクトに届いた。威勢のよさは母親譲りらしい。

業界での通称はジョージ坂本。

母親同様、生粋の日本人だがジャッキー事務所の二代目として、母に倣いファーストネームを先に出すようにしたということだ。

そもそもこの二つの升席は、ジャッキー事務所の年間リザーブ席だ。マスコミやCMのキャスティング権を持つ広告代理店への接待用だという。

ジョージの声にも路子は、曖昧に頷いた。

土俵入りを終えた横綱が東の花道を下がっていく。

代わって幕内力士たちの行列が入場してきた。四股名を呼ばれ、順に土俵に上がっていく。

その光景を見ながら、路子はエリー坂本の遺言を思い出していた。

『来年の初場所が見られないのが、一番の心残りね。私ね、六十年間、欠かさず初場所の初日を見に行っていたのよ。あなたニューヨークから戻って、私に代わって初場所、見てらっしゃいよ。ついでに運を試して』

最初の一言がこれだった。

それも死の淵にある者とは思えない艶のある声。

遺言とはてっきり文書だと思い込んでいたのだが、ジョージ坂本から渡されたのは、一台のボイスレコーダーだった。

エリーの声は続く。

『初場所初日は私なりの初詣というわけ。大相撲は国技にして神事だからね。初詣に例えてもおかしくないわ。だから、私なりに、おみくじも引くのよ』

エリーらしい解釈だった。

生前のエリーを知る人々が必ず言うのが『エリーさんは日本的なことへの強いこだわりと憧れを持っていた』ということだ。

海外育ちの日本人特有の感覚なのかもしれない。

『私なりのおみくじというのはね……』

と面白いことを語り始めた。

初めてこの遺言をイヤホン越しに聴いていたのは帝国ホテルのティールームだ。アールグレイとスコーンを前に、エリーとお喋りしているような感覚に包まれた。

エリー坂本は、ニューヨーク育ちの日本人だが、どちらかと言えば英国風な威厳と愛嬌を持った老婦人であった。

どこか祖父と似ているのだ。

エリーの声が頭蓋の中で踊りだす。

『……平幕同士ぐらいの取り組みで、どっちが勝つか予想するの。う～ん、過去の対戦成績が五分五分ぐらいの取り組みがいいわね。勝つ方が容易に想像がついちゃ面白くないもの。そんな取り組みの三番勝負。三番すべて当たったら大吉。その年の売り込みに費用は惜しまない。スカウトしたい子は、あまり考えないですべて採る。だって大吉の年なんだもの。二勝だったら吉。少しは慎重になるけれど基本はイケイケ。私の見立てでは、三人デビューさせてふたり当たるってこと。一勝だけの場合は、半吉、末吉相当ね。無理せずやり過ごすのがいい年。あまり突っ込まずに、その年は現状維持と見る。チャンスは必ず巡ってくると待つことよ。三敗は凶。それも大凶と見るべき。初場所での勘が悪い年は、ロクなことがない。だから、その年は、勝負しない。コンサートも事故が起こらないように細心の注意を払い、本数も、前の年より二割ぐらい減らす』

凄い割り切り方だ。

だが、この方法、案外よい。ガラガラを振り、告げられた数字で吉凶を占うのではなく、自力で勝負を見極めるのだから、たしかに運試しになる。賭けの相手がいるわけではないので、相撲賭博にもならない。

『私、六十年で三敗の大凶は、一度しか引いたことはないけど、その年は、シンガーソングライターの当たり年でアイドルはまったく振るわなかったわね』

エリーが大相撲の初場所で、その年の運勢を占っていたとは、初耳だった。長男のジョージも単に相撲好きぐらいにしか思っていなかったようだ。

えてして成功者ほど、運を信じている。

努力した者が報われるのは当然だと思っている新自由主義者は多い。人よりも倍勉強し、額に汗してスキルを身に付けたのだから、多くの報酬を手にして当然だ。競争に負けた者は怠け者なのだから、救済する必要なんかない。

誰にでもチャンスのある社会における結果は、すべて自己責任である。

こう考えているわけだ。

だが、路子は思う。

そうやって競争社会を勝ち抜いた人も、どこかで運があったのではないか。

成功の裏には、必ず運がある。ビジネスの最初の一歩で運よく理解ある出資者に出会った。

あるいは、窮地に陥った際に、ある偶然から立ち上がれた。

必ずと言っていいほどそうした偶然があるものだ。

そして運は誰にも平等に回って来るはずだ。

要は、そこを見極められるかで、人生が変わる。

芸能界という極限の運社会を生きたエリー坂本が、常にゲン担ぎをしていたのは、当然であった。

『……なんて、お話はどうでもいいの。路子さん、ごめんなさいね。せっかくニューヨークでの休暇を楽しんでいるところ、急に呼び出しかけちゃって。私、死んじゃったのよ。そこでね、あなたに、私の跡を継いで欲しいの。女帝の冠をあげる』

最初にこの録音を聴いたとき、路子は思わず口からアールグレイを吹き溢し、咽せた。

帰国して三日後、十二月二十八日の午後のことだった。帝国ホテルのラウンジがそこそこ混んでいたのを覚えている。

咽せている間も、エリーの声は続いた。

『なにもあなたにスターメイクを頼んでいるんじゃないわよ。あなたは知っているでしょう? 私がこの国の芸能界で、六十年間、何をしてきたのか』

知っている。

胸を叩きながら頷いた。水を飲み、ハンカチで口を拭き、呼吸が整ったところでスコーンを齧(かじ)った。

アメリカの対日工作機関のひとつジャパンロビーの要請を受けて、戦後の反米感情を修正させるべく心理工作を担っていたのだ。

映画やドラマ、歌、演劇によるアメリカナイズの事例だ。

『無名の人を有名スターに仕立てる。それが芸能プロの仕事。スターの言動は、政治家や官僚、財界人以上に影響力を持つ。しかもそこからいろんな人脈が生まれる。黒須機関をそのまま芸能プロにしたらいいのよ。バックアップは私の残したジャッキー事務所にさせる。そもそもあなたのおじい様が、発端なんだから』

この話には祖父、黒須次郎(じろう)が一枚噛(か)んでいた。

占領下の東京で、ジャパンロビーの一員だった祖父の黒須次郎とジャッキー事務所の創業者、エリー坂本は気脈を通じていたのだ。

そういう意味でもこれは縁だった。

『もはや、アメリカナイズの心理工作は必要なくなったけれど、きちんとした矜持を持った者が仕切らないと、あっという間に闇社会に乗っ取られるわ。それもヤバい国のね』

エリーは路子の胸の内を読んだかのように、先回りしてきた。

さすがは心理工作のプロだ。

『永井雅治を超えるのよ。まずは運試しに、大相撲の初場所に行ってらっしゃいよ。私と同じようにおみくじを引いて、決めたらいいわ』

永井とは芸能界に残る最後の大物プロモーターだ。

シャドープロの藤堂景樹亡きあと、闇社会とのインターフェイスの役割を担えるのは、もはやこの男しかいないと言われている。

自ら率いる芸能プロ『モーニングミュージック』を数か月前に『永井エージェンシー』に社名変更した。

永井こそが芸能界の新帝王と名乗りを上げたような格好だった。

『それと、ルーレットレコード。まだまだ新興勢力だと思っていたけれど、力をつけすぎたわ。路子さん、頼むわよ。芸能界は政界や財界とも繋がれる。そういうポジションを手に入れて、黒須機関を発展させて』

凄い発想だった。

警察庁長官、警視総監、公安局長、内閣情報調査室長(サイロ)がこの案に乗った。

ジャッキー事務所二代目社長、ジョージ坂本は表の経営者に専念したい意向だ。つまり裏は路子に任せるということだ。

土俵は中入り後の取り組みに入った。

おみくじを引くにはちょうどいい取り組みが三番続く。どっちが勝ってもおかしくない勝負。

「西、東、西」

路子はそう読んだ。

「女子プロゴルファーが年末の最終ツアーで攫(さら)われたらしい」

富沢が唐突に別件を切り出してきた。

前頭(まえがしら)の下位同士の取り組みが制限時間になった。

西が勝つ！

路子は念じた。

「おい、聞いているのか？　攫われたらしいのは江波瑠理子だ。甲府(こうふ)の『鶴巻(つるまき)高原ゴルフクラブ』の駐車場からワゴン車に乗せられる様子を複数のギャラリーや関係者が目撃している」

富沢が路子の耳もとに口を寄せて、べらべらと喋りはじめた。マスク越しとはいえ、いまどき接近して喋られるのは不快だ。

「遺体が揚がったわけじゃないでしょう？」

「はっけよい、はっけよい」

行司の声が、館内に響き渡っている。

勝負はあっさりついた。西方の力士が、一直線に進み、相手を東土俵の下に突き出した。

まずは一勝だ。半吉はゲットした。

次の力士が土俵に上がった。

「いや、マネジメントしている広告代理店に、本人から直接電話が入っているので、生きてはいる」

富沢が扇子をパタパタと振りながら言っているようだ。

「何も問題ないじゃない。男関係か金銭トラブルでしょう。大金を持ったプロスポーツ選手は半グレやヤクザに的（マト）にかけられやすいのよ。芸能人みたいにマネジャーや付き人がいてガードしているわけじゃないから」

言いながら路子は『東！』と念じた。

東方は四つ相撲、西方は押し相撲を得意とする力士だ。どちらもあんこ型の力士だった。

「防犯カメラの映像にドレッドヘアの男たちが映っていた。山梨県警から警視庁の組織犯罪対策部にも照会があったのでチェックしたところ、渋谷のクラブでたむろしている連中だった」

「どのみち山梨県警の事件ってことでしょう」

路子は土俵に集中した。

「待ったなし」

行司が軍配を返すと、力士がきれいに立ち上がった。

西方が一方的に押している。凄い勢いだ。東方が土俵際まで追い詰められた。

「だめか」

と思った瞬間、東方の力士がすっと横にかわった。西方力士が手をばたつかせたまま、土俵から落ちた。西方の力士が、紋付袴姿の勝負審判親方に覆いかぶさるように激突した。

軍配は東方に上がる。親方の顔が歪む。

二勝。吉と出た。今年は前進でOKそうだ。

「事案の背後に、芸能界が介在していると」

富沢はそう見立てているようだ。

「全員、ダンサー崩れだ。DJとかそんな連中も交じっている」

「そんな連中はクラブに山ほどいるわよ。芸能人のボディガードを気取っている不良もたくさんいるし」

「黒須機関は半グレ集団『青天(せいてん)連合』にも通じているだろう」

富沢が押してくる。

成田和夫(なりたかずお)のことを指している。最近、青天連合の総長になったが、黒須機関のひとりでもある。かつてエリー坂本がタレントとして目を付けただけあって、整った顔立ちと抜群の演技力を持った人物だ。

「私がやると決めたら動かすけれど、まだ返事はしていないわ。まだ完全に潜り込めるという確信がないのよ」

路子はぶっきらぼうに答えた。

捜査と潜入では任務内容がまったく違う。従妹の谷村香織は、公安部で入庁した段階から潜入員としての訓練を受けてきた。

だが自分は、いまでこそ非公然外部機関のトップを担っているが、それ以前は所轄と警視庁の組対刑事として公然と捜査をしていたのだ。

安請け合いをする気はない。振り返って富沢の眼を見て言ってやる。

「エリーさんや成田のような民間に潜ったスリーパーでもないし」

三番目の取り組みとなった。仕切りを始めている。

前頭の中位同士だった。

東方があんこ型。西方が筋肉質のソップ型の力士であった。

過去の対戦成績は東方の六勝五敗。

ほぼ五分の成績だ。

今日で、きっちり五分に戻すと考えた。頭の中の勝者は西方だ。きっとそれで六勝六敗の五分になる。

西！

路子は胸底でそう叫んだ。

「関東泰明会の傍見組長はお元気か？」

富沢がまた別な角度から突いてきた。どうしてもプロゴルファーを攫った相手のことを調べたいらしい。

反畑長官からの直接の指示であろう。

富沢は警察庁の刑事局長へすでにリーチをかけている。次期長官の最右翼だった垂石克哉が特命潜入員として国外へ飛んで以来、ポスト反畑に富沢が躍り出ているのだ。いずれ政界に出たい富沢としては警視総監よりも与党とのパイプをつくりやすい警察庁長官の方に魅力を感じているはずだ。

いまは、なにがなんでも手柄が欲しいはずだ。

「俳優兼歌手の沢田幸雄も拉致された。やったのは同じような不詳の男たちだ」

「それはニューヨークでも衛星中継されていました」

「テレビ局は演出を間違えたと釈明しているが、沢田幸雄は、香港映画への進出を発表するそうだ。すでに身柄は香港に飛んでいるというのがどうも気になる。長官も香港ということを気にしている。芸能界に地殻変動が起こっているのは間違いない。黒須、潜れ」

やはり長官からの直接指示のようだ。

黒須機関の成功はそのまま富沢の手柄となる。

なぜなら黒須機関の創設に関わった人物は三人しかいない。反畑長官と富沢。それにかつての公安局長、垂石だ。

存在自体を知っているのも、警視総監、副総監、警察庁次長などごく限られた幹部だけだ。

その図をあらためて脳内に広げてみる。

一番手柄を欲しがっているのは退任が近い反畑長官だ。

政界に打って出たいのだが、なかなか与党から声がかからぬことに苛立(いらだ)っている。そうこうしている間に、与党自体が危なくなりだし、次の次では政権与党が代わっている可能性もある。

反畑はどうしても次の参議院選には出馬したいのだろう。

連動して富沢も色めき立っている。

反畑が政界転出してしまう前に、なんとか局長のポストを手に入れておきたいからだ。

おっさんたちの出世競争のために身体をはるのもバカバカしいが、路子としてもがっちり勝算を立てている。富沢はもとより、反畑長官、それに警視総監の弱点もすべて握っている。

女、金、違法行為に近い忖度(そんたく)。

黒須機関は警察庁幹部たちのスキャンダルもしっかり握っているのだ。

三番目の勝負が制限時間いっぱいとなった。

路子は固唾(かたず)を呑み、土俵を凝視した。

両者、威勢よく立った。

西方力士が、すっと下がる。東方力士が宇宙遊泳するような格好になった。その両肩を西方力士が叩く。一瞬にして東方力士の両手が土についた。

はたき込み。

西方の勝ちだ。

館内から何とも言えないどよめきが上がった。

暗に、真っ向勝負をしなかった西方力士を非難しているようである。

しかし勝ちは勝ちだ。実際、ビジネスや警察の捜査でも、すべてが真っ向勝負とはいかない。人生そのものも同じだ。いなし、けたぐり、様々な戦い方がある。かっこいい勝ち方だけが褒(ほ)められるべきではない。

結果、路子の予想は三勝で、大吉と出た。エリーの言に従えば、ここはイケイケ勝負だ。

「ルーレットレコードへの潜入捜査、やってみるわ」

言いながら桟敷席を立った。

「キャラ設定は、公安が中心になってつくり上げた。戸籍、住民票、経歴すべてセットアップされている」

富沢の声が返ってきた。少し上擦(うわず)っていた。

「黒須機関のメンバーにも適宜(てきぎ)、役をくれるんでしょうね」

「いちおう、キャスティングはできている。例えばそこの運転手さんには、スタイリスト役とか」

富沢が一枚の紙を渡してきた。メンバーの下にいろいろ役名が書いてある。関東泰明会の構成員上原淳一(うえはらじゅんいち)は、カメラマンになっていた。

「悪いですけど、配役は私がします。ジョージさん、こっちの要望通りメイクやセリフ回しの訓練はしていただけますか?」

路子はそう切り返した。

「全面的に協力します。乃木坂にあるうちのリハーサルスタジオを黒須機関に提供します。そこを本拠地兼役作りの場にお使いください」

ジョージ坂本が申し入れてきた。

「助かります」

路子は桟敷を下りた。

「私、送ります」

勇希も立ち上がった。ドライバーの習性だ。

「勇希は結びの一番まで観戦していきなさいよ。横綱が、何かのはずみで、ここまで転がって来るかもよ」

「そんなことがあったら、間違いなく私、お漏らししてしまいます」

そういう勇希の頭を撫でて、路子は会場を出た。

ロビーに出て、母から土産物を頼まれていたことを思いだした。

レトルトの『横綱北の富士カレー』だ。

母はあの解説者が大好きなのだ。テレビ桟敷で中継を見ては、着物や洋服のセンスを褒めちぎっている。

十個ほど買った。辛口解説で知られる北の富士だから味は確認するまでもなく辛口に決まっている。

両国からの帰り道、タクシーの中でワシントンに戻っている谷村香織に電話を入れた。

東京、午後五時。ワシントンは午前三時である。

「あぁ～、路子お姉ちゃん、ふはっ」

香織が掠れた声で電話に出た。

「あら、ひょっとしてオナニー中？」

つるっ禿げの運転手の肩がビクッと揺れた。

「なにを言っているんですか。CIA(ラングレー)での研修は、めちゃめちゃ朝が早いのよ。なんですか?」

「嘘よ、人差し指と親指でクリトリスを揉み込んでいる最中でしょう。もしくは枕を股に挟んで、腰を振っている」

香織が沈黙した。タクシーは心なしか減速している。運転手の耳が少し大きくなったように見えた。

「どうしてわかるんですか。私、モニターされてませんよね」

「一週間、同じ部屋で暮らしていたらわかるわよ。あんた、だいたい午前三時にはひとりエッチしてたもの。それも布団被ってコソコソと」

「うわ〜、いやだ。そんな観察されていたなんて」

「ちょうどいい具合のところなら、かけ直すけど」

嫌味を言ってやる。寸止めで不機嫌になられても困るし。

「かまいません。弄りながら聞きます」

それもどうかと思うが。まあいいや。

「週刊文潮の記者の拉致の件、調べはついた?」

「あぁ」

香織の声が甲高くなる。

相槌を打ったのか、喘いでいるのか判別できない声だ。

「私が帰国して、編集部に電話を入れてみたら、まだ海外出張だって。殺されたわけではなさそうなんだけど」

編集部にはニューヨークで会ったことのある日本大使館関係者だと伝えた。副編集長が電話口に出てきた。拉致されたのではないかと訊いてみた。

『梶原は、まだ海外出張中です。取材内容は申し上げられませんが、日々、電話連絡しているので大丈夫です。取材活動に対する嫌がらせは常に受けています。そのようなことがあったと報告も受けておりますが、すでに解放されていますよ。ご心配おかけして申し訳ありません』

丁寧な対応だった。

ついでながら、梶原俊市という人物についても調査した。長崎県佐世保の出身。四十二歳。独身。国内の現住所は千代田区神保町のマンション。会社からも地元の家族からも捜索願の類は出ていなかった。

「ぁあんっ。ふはっ。拉致した相手はわかった。くぅううう、あっ、お姉さん、私、昇く！」

受話口からヒステリックな声が上がる。

「だから、さっさと昇っちゃいなさいよ。ってか、やっぱ弄るか報告するか、どっちかにして！」

路子は思わず叫んだ。

タクシーは吾妻橋を渡り、浅草に入ったところだ。

「あのとき、ラジオシティの前に止まった大型バン。ブルックリンのポルノ制作会社が所有者だった。レポーター役の女はポルノスター。もうとっくに引退しているけどね。カメラマンやライトマンは本物ね。消息はまだ不明」

香織が荒い息を吐きながらそう言った。

タクシーのテレビが夕方のニュースを流していた。女性アナウンサーが興奮気味の顔で伝えている。

「俳優の花形祐輔さんが、婚約を発表しました。お相手は、一般女性の方。花形さんは、今後は拠点をニューヨークに移し、俳優業だけではなくプロデューサーとして映画、演劇の制作に関わっていくということです。すでにマンハッタンに住居を構えたという情報もあります……」

花形の代表作『六本木の夜王』のハイライトシーンを流し始めた。一介のホストから経営者にのし上がっていく男の物語だ。まさに役柄を地で行っているではないか。

テレビ局は相手の名前は一般人として伏せているが、久遠寺貴子であろう。

局としては、貴子の父が社長である丸久商事と、花形の所属事務所の後ろ盾である永井エージェンシーの双方に忖度せねばならないところだろう。

「香織、ニューヨークに行って梶原を探して」

「ええっ〜、週刊誌の記者って、ある種のスキャンダルメーカーでしょう。ギャングと似たり寄ったりよ。私、場合によっては、ゴシップ記者の方がたちが悪いと思う。そもそも日本国内で事件化しているわけでもないし、うちらがタッチすることでもないでしょう」

香織は面倒くさそうだ。

確かに彼女の言う通りだ。被害届も出ていないし、ニューヨークでは日本の警察力は通じない。

「やってくれないなら、香織のオナニー映像を暴露してやる」

脅すしかなかった。

どうしても、梶原ともう一度話してみたい。

「えっ、姉さん、なに言うの」

「あんたとマンハッタンのアパートにいた間、コソコソやっている瞬間に私がスマホを向けていないとでも思っていたの？」

実際、撮っていた。

たとえ、仲間でも、常に弱みを握っておくべきだ。いざというときに役に立つ。

「私、毛布はきちんと被っていたはずだけど」

香織は毅然と返してきた。冷静に当時の記憶をたどったのだろう。

「ポルノ映像じゃないんだから、アソコを指で弄っているアップなんかないわよ」

そこまでは撮りようがなかった。というより異性愛者の路子は、同性のアソコのアップなんて見たくもない。

「恍惚の表情を浮かべて、毛布の中で股を弄ったり、枕を挟んで腰をゆすっている光景って、アソコのアップなんかよりもいやらしいわよ。ベッドサイドテーブルの灯りだけでも、あなたの顔ははっきり識別できる。それにあんた『おまんちょ、いい』とか『もっとぐりぐりして』とか譫言を言っていたしね。これホントにスケベな映像なんだから。いまから送るね」

実際にあるというのを誇示した方がいい。

「わかりました。梶原を探し出すわ。こっちで確保すればいいのね」

「それでいいわ」

路子は、一度電話を切り、香織の自慰動画を添付してメールした。毛布の中で枕を股に挟んで、盛んに尻を振っている姿だ。髪が乱れて、荒い息を吐いている。

すぐに返事がきた。

【我ながら、いやらしすぎる腰つきね。もう一回やって寝ます。ニューヨークには明日行く】

運転手は股間を押さえながらステアリングを切っていた。

事故ったらヤバいので、上野駅で降りた。ここから銀座の自宅までは地下鉄でいい。

2

「寺澤路子。前職はキャバ嬢です。特に売れていたわけではありませんが……銀座のキャバにいました」

そう言うと眼の前の面接担当者三人が食らいついてきた。

南青山一丁目のルーレットレコードの会議室。

路子の業界への第一歩が始まった。

「宣伝部希望ですよね」

平尾(ひらお)という宣伝課長が、まっすぐ路子の顔を見つめたまま聞いてくる。各レーベルの統括宣伝課長だ。

「はい」

路子は声を張った。

黒のパンツスーツ姿だが、かなりタイトなパンツを穿いてきた。きつきつだ。下着のラインが浮いて見えるし、脚を組み替えるたびに股にくっきり女の筋が浮かぶ。

スタイリストのアドバイスだった。

平尾はあえてそこを見ないようにしているようだった。

質問をしていない他のふたりは露骨に見つめていた。それぞれレーベル統括の営業課長と制作課長だという。

「Jポップやダンスミュージックが好きですが、特に音楽的な知識があるわけではありませんので、制作系は無理だと思います。ロンドンに三年間留学していたので多少英語はできます。それとキャバクラで働いていたので接待は得意ですから、宣伝部ではお役に立てるのではないかと」

宣伝部志望の理由を告げた。

役作りに要した期間は一週間だった。

路子という名を残し、子供の頃から見てきた水商売を前職に設定した。ここまでは富沢が作り上げた。

戸籍謄本、住民票、運転免許証もできている。もちろんマイナンバーカード、納税証明書も完璧だった。

この国では、運転免許証が最強の身分証明証となる。そこに一致する戸籍謄本と住民票があれば、身元は保証される。

年齢もうっかりミスを防ぐため実年齢と合わせてある。

そこから先は、路子がキャラクターを作った。

寺澤路子。

デザイン系の専門学校卒。

留学費用を貯めるために銀座でキャバ嬢としてまず二年間働く。ここはもうなくなった店名を伝えた。足がついては困る。

三年間、ロンドンに留学。

とはいえ大学などではない。語学学校を転々としながらカフェやブティックでハーフタイムで働いていた。これも足のつきにくい経歴だ。

結局、デザイン関係の仕事に就くことはかなわず、泣く泣く帰国。就活したものの全滅し、銀座のキャバクラに入店した。

そういうキャリアだ。

水商売で資金を貯め、憧れの留学を果たしたものの、その先はどうにもならず、ぶらぶらして帰国した者は多い。

『留学経験アリ』と履歴書に書けるだけで卒業証書もなく、身についたものといえば日常会話程度の語学力だけなので、政治家や財界人の二世ならそれでも箔付けになるだろうが、グローバル化した日本企業で通用するものではない。

そんな留学経験者は夜の街にも多い。英語ができるキャバ嬢はそれなりに需要があるからだ。

路子は面接であえてそんな話をしてみせた。

「結果、あっという間に時が過ぎました。キャバ嬢で身を立てる覚悟がなかったので、やはり売れませんでした。どんな仕事にも、やり通すという覚悟が必要だとつくづく思います。夜の仕事にはそこまでの気持ちを持てませんでした。私、一度でいいので、きちんとした企業で働きたいんです」

ここで脚を組み直した。

「レコード会社を選んだ理由は？」

平尾が顎を扱きながら聞いてきた。

「お客さまに大手広告代理店の方がいました。その方が芸能界と水商売は親戚のようなものだとおっしゃっていたものですから」

三人の面接官は破顔した。ジョージ坂本から聞いた話だが、事実らしい。

この一週間、演出家から仕草と表情の特訓を徹底的に受けた。

ただし元キャバ嬢や音楽業界人らしい仕草や表情を学んだわけではない。第一は警察官としての雰囲気を消す動きだ。

一番大変だったのは、目力を消すということだった。刑事特有の眼光の鋭さは一般人には異様に映るそうだ。

知らず知らずの間に、路子の眼色はいつも疑い深く、相手を威嚇するような光を放つようになっていた。

ひたすら、おだやかな表情づくりに努めた。

「たしかに音楽産業も水ものだよ。何が当たるかわからない。ただし、接待と宣伝は違う。楽曲やアーティストを売り込まなければならない。キャバ嬢さんのように自分を売り込むこととは違うが、そのへんはどう思っているんだい」

平尾の隣に座っていた男が聞いてきた。営業課長の三井というそうだ。

「自分を売り込むのは、ある意味、恥知らずでなければできませんね。普通の神経では限界があります。芸能人や政治家というのは、その辺の神経がとんでもなく図太いのだと思いますよ。キャバ嬢は相手を持ち上げるテクニックもないといけません。お客さんの悩みもきちんと共有しないと信頼関係は作れません。ついでに言えば、口が堅いことには自信があります」

路子は髪を掻き上げながら言った。濃い黒髪を一度脱色して、明るい栗毛色にしてある。眼も少し大きく見えるように瞼をわずかに整形した。

だいぶ印象が変わったはずだ。

今回ジャッキー事務所のジョージ坂本が用意したメイクアップアーティストは、舞台や映像用のスタッフではなく、タレントがお忍びで街に出る際に別人に仕上げるプロであった。

エリーはこうしたスタッフを表舞台とは別に抱え、タレント以外の人物にもメイクを施させていたのだろう。

諜報員や逃亡者だった可能性もある。

「口の堅さに自信があるというのはいいね。この業界では、それがもっとも重要な採用ポイントになる。歌手や俳優が楽屋で見せた素顔について語るのはタブーだ」

　平尾の眼光が鋭くなった。

「キャバクラでもＶＩＰルームで見たことは他言しないのがルールです」

　路子は即答した。

　想定問答にあったことだが、ここは演技なしで語れる件であった。祖父も母も水商売の出身である。多くのＶＩＰと関わって生きてきた。

　路子は本能で理解しているのだ。

「なるほど」

　と平尾は横に座るふたりの課長に目配せした。

　ふたりが頷いた。路子は好感触を得た。

「アイドル部門になるがいいかね」

　平尾が切り出してきた。

「もちろんです」

　芸能界のど真ん中がアイドル部門だと、ジャッキー事務所の演出家からオリエンテーションを受けていた。

　ルーレットレコードはもともとダンスミュージック、それも洋楽から始まったレコード会社だが、十年前から女性アイドルユニットも手掛けるようになった。

男性アイドルはジャッキー事務所の独占市場となっているが、女性アイドルに関しては群雄割拠が続いている。

そうした中で、ルーレットレコードのアイドルは可憐さよりも力強さ、清純さよりもビッチな魅力を前面に押し出すことで、差別化を図っている。

イケイケのキャバ嬢が歌って踊っている印象でもある。

「ヒップホップ系や本格的なシンガーソングライターには興味はないのかね？」

塩崎という制作課長が初めて口を開いた。

「個人として聴く分には、ユーロビートが一番好きです。ロンドンに住んでいたこともありますが、やはりユーロダンスが一番水商売的だなって思うんです」

「面白いことを言う……水商売的という表現がなんか新鮮だ。どんなところからそう感じるんだい？」

塩崎が身を乗り出した。

「まぁ、退廃的なんですが希望もあるっていうことです。健康的な音楽は夜の街に生きる人間にはなじまないです。ロックは攻撃的すぎますし」

「退廃的だが希望もある。それも面白い。あんた制作にも向いているかもしれない」

これも演出家からのオリエンテーションの成果だった。

何か他の志望者とは違う印象を残す。音楽業界の人間がひっかかるコメントを用意する。その肝は、ヒット曲作りへの一助となるコメントだ。

それもステレオタイプでは印象が薄い。尖りすぎると嫌われる。

演出家が熟考したセリフがいまの『頽廃的だが希望もある』だった。

「制作なんてとんでもないです。銀座の大先輩が言っていました。昭和のホステスが好きだったのはムード歌謡だったと。ムード歌謡も頽廃的なのに希望があるんです。私は黒沢明とロスプリモスの『ラブユー東京』と内山田洋とクールファイブの『逢わずに愛して』は名曲だと思っています」

母のカラオケ愛唱歌だ。

どちらの曲にも切なくて、けれど失意から立ち上がろうとする主人公がいる。そんな歌だ。母は毎日、この手のムード歌謡を歌っている。世代を超えて支持されているのは事実だ。

「なるほど。じっくり聴いたことがないから、学んでみることにする」

塩崎はメモを取った。

「女性アイドルの企画は何かあるかな？」

これも想定問答集にあった質問だ。

路子はしばらく考えるふりをした。あえて五秒ほど間を置く。そうした方が相手は耳を立てやすいのだそうだ。だが、十秒ではもったいのつけすぎとなる。

「スカートを穿かないアイドルってどうでしょう？」

用意していたセリフを滑舌（かつぜつ）よく伝えた。

「意味がよくわからんが、面白そうだな。具体的には、どういう意味なんだ？」

今度は平尾が前のめりになった。

「いや、具体案はありません。閃（ひらめ）いただけです。なんで女性アイドルってみんなスカートをひらひらさせているんだろうなって」

「正統派はその方が可憐に見えるし、当社のダンス系アイドルはセクシーさを強調している。パンツじゃ色気が出ないだろう」

平尾が片眉（かたまゆ）を吊り上げた。

「ショーパンのハイカットが一番いやらしいですよ。スカートよりもパンツが見えやすいですし……キャバクラで色恋営業の子はアフターではたいがいショーパンです。座ると裾の縁からパンツが見えますから」

「アイドルがパンツを見せるのはどうかね？」

営業の三井が言った。

「見えない方法はスタイリストさんと相談ですね。見えそうで見えないのが一番いいわけですから。清純派のアイドルってスカートがうっかり捲れるとかぼちゃみたいなパンツ穿いているじゃないですか。あれは百年の恋も冷めると思うんです。いや、キャバ嬢の感覚ですと……」

「一考の余地はあるね」

制作の塩崎がまたメモを取った。

「結果は、一週間以内に連絡する」

平尾が路子の背後の壁に掛かった時計を見て、問答を切り上げた。

「またお会いできることを楽しみにしております」

キャバ嬢風に挨拶をして会議室を出た。

結果は翌日にきた。合格だった。

さらにその翌日から路子は南青山のルーレットレコードに通勤することになった。

出社時刻は警視庁や一般企業に比べてはるかに緩い。

始業は午前十一時。

ただし終業時刻に決まりはない。残業という制度もない。仕事があれば終了するまで働き、なければ好きにしていい。そういう業界だという。

ひょっとしたら残りの警察人生を芸能界の住人として過ごすことになるのかも知れない。

案外、性に合っているかも知れない、と路子は思った。

3

「日本橋浜町なんて珍しいところに住んでいるな」

隣の席の伊能琢也が聞いてきた。レタスのようなふんわりした髪型で、目鼻立ちが整った男だ。右耳にだけピアスを入れている。そこだけ一般企業のサラリーマンとは違っていた。

南青山のルーレットレコード本社ビル八階。

アイドル専門レーベル『ルー・スターズ』の専用フロアだ。

「元の職場が銀座だったので、タクシーで帰りやすい位置にマンションを借りていました。でもいまも、水天宮から青山一丁目までは、半蔵門線で一本なので便利ですよ」

路子は笑顔で答えた。伊能は同じ宣伝部の所属。路子が配属されたメディアプロモーション班のひとりだ。

「寺澤さ。同い年なんでタメ口でいいよ」

「いや、いましばらくは敬語の方が落ち着きます。なれたら、タメにさせてもらいます」

路子はやんわりという調子で、そういった。

敬語の方が本音が誤魔化(ごまか)せる。タメ口を使った方が人は地金(じがね)が出て、本性を知られやすい。賢いキャバ嬢ほど敬語で通し続けるというのも事実だ。

「なんか、やりづらいなぁ。こっちも畏まってしまう」

「同い年でも伊能さんは、職場の先輩ですから、それでいいじゃないですか。しかし、いろんな部署があるんですね」

ルーレットレコードには他にダンス系専門の『ルー・シェイク』、ヒップホップの『ルー・ファイト』があり『ルー・スターズ』と合わせて主力三本柱と呼ばれている。

各部門にそれぞれ制作班、宣伝班が配置され固有の戦略を練っているというのだ。

いずれもルーレットのルーが頭文字に付くのが特徴だ。

さらに創業部門である洋楽は『ルー・インターナショナル』、三年前からはクラシック部門『ルー・ヒストリー』、純歌謡曲部門『ルー・ジャパン』も立ち上げ、創立二十年の新興レコード会社ながら、全ジャンルを網羅する総合メーカーとなった。

営業部と管理部はすべてのレーベルを統括している。

「考えてみると浜町や人形町、蛎殻町界隈というのは東京駅や東京シティエアターミナルがあるから羽田空港や成田空港に出るにも便利というわけだ。出張にも便利そうだよね」

伊能はパソコンを開いて、女性ユニット『青山通り39』の様々な画像の中から雑誌社に送る数点をピックアップしているところだった。

ルーレットレコードは他社のアイドルユニットが『○○坂』というネーミングを多用しているのに対抗し『○○通り』と名乗るユニットを複数組擁している。『六本木通り69』『桜田通り110』などだ。『桜田通り110』には共感を覚えたが、一番売れていないそうだ。ネーミングが悪いのかも知れない。

「出張は多いのですか?」

路子も総務部から受け取ったばかりのノートパソコンを開いた。

ルーレットレコードでは警視庁のように自分専用のデスクはない。図書館のような大きなデスクがフロア内にいくつか設置されており、そこにノートパソコンを持参して座る仕組みだ。

そのぶん各人専用のロッカーがかなり大きめで、必要な用具が収められるようになっていた。警視庁のようにゴタゴタのデスクなど見当たらず、スッキリしており、インテリアも垢抜（あかぬ）けている。

　上司からの指示はメールで入り、四人程度までの簡単な打ち合わせは、ロビーのブースで行う。それ以上の人数の会議であれば会議室を予約して使うことになる。

　ビル内にレコーディングスタジオがふたつ。ダンスやバンドのリハーサルルームが三か所設けられている。

　宣伝部フロアには、マスコミの取材を受けるための専用のインタビュールームまであるのだ。

　ルーレットレコードは、外資系のバーナード・ミュージック、オーディオメーカーを親会社に持つソフィア・エンタテイメントと並ぶ、押しも押されもせぬ巨大エンタテイメント会社である。

「メディア班のうちは都内やせいぜい首都圏を回る程度だが、アーティスト班になると、全国を飛び回ることになる。新人担当なら二泊程度のキャンペーンが多いが、スター級の担当となるとツアーに帯同することになるから、一週間、二週間単位で出ることも多いし、ミュージッククリップの制作は海外撮影もある。他部署では、海外公演をするアーティストもいるしな」

伊能が早口で説明を続ける。なんとなくFMラジオのナビゲーターのような口調だ。そういえば面接のときの平尾のアクセントもそんな感じだった。

当面、伊能について仕事を覚えることになる。

——深く、深く潜ることだ。

それはこの業界人になり切ることだ。たったの一週間で役は作り切れないが、今後も演出家の田中正明が、時々レッスンをつけてくれることになっている。なんとしてでもモノにすることだ。

エリー坂本と出会ったのが運命の転換点であったような気がする。

彼女が作った芸能界における諜報、工作機関。それを引き継ぐ。異なる点はエリーはCIAの一員であったが、自分は警視庁刑事であるということだ。

午後から伊能と共に、大手広告代理店『雷通』の系列会社『雷通コマーシャル映像』に出向いた。

CMに楽曲を使ってもらうプロモーションである。

『雷通コマーシャル映像』は銀座本社とはまったく別な場所にあった。六本木である。テレビ局近くの高層オフィスビルのワンフロア。路子が想像していたよりもはるかに狭いオフィスだった。雷通本社とはだいぶ格が違うようだ。

「桜井（さくらい）さん、宇垣（うがき）ミイナのために、何とか化粧品のＣＭをくっつけてくれませんか。本当はキャスティングまで欲しいんですが、無理は言えないので、楽曲使用だけでも……デモテープ、もう聴いていただいてますよね。三日前に送信してありますけど」

小さな会議室に通されるなり、伊能はそう切り出した。

宇垣ミイナは『青山通り39』の一員ではあるが、それほど目立つメンバーではない。ファン投票でも、センターには程遠く、歌番組よりもバラエティでの活躍が多い。

売り込み相手は桜井守（まもる）。

初対面の路子と交換した名刺にはＣＭ制作部ディレクターとあった。

四十歳前後か？

ストライプのボタンダウンシャツにライトブルーの薄手のセーターをいわゆるプロデューサー巻きにぶら下げているところが、いかにもＣＭ業界人の風情（ふぜい）だ。

「うーん。今朝、聴いたよ。曲はダンサブルで悪くない。『青山通り』もちょっとソロを出しすぎなんじゃない。本体ならクリエイティブ全局に話を振ってみるけど、ソロとなるとなぁ。クライアントが宇垣をどこまで知っているかだよ」

桜井は、眼を擦りながら言っている。すでに午後三時なのに、寝ぼけたような眼だ。吐く息が若干、酒臭い。

「いやいや、桜井さんは、ミイナのことはよく知っているじゃないですか。デビュー前から西麻布(にしあざぶ)で」

伊能がタブレットに宇垣ミイナの写真をいくつかアップしながら、小首を傾(かし)げた。

「ちょっと、伊能ちゃん。そういう言い方しないでよ。二年前はミイナがメジャーデビューするなんて聞いていなかったんだから」

桜井の眼が泳ぎ、その視線を伊能から路子に向けてくる。

「ルーレットのプロモーターになるなんて、いい度胸しているねぇ」

話題を変えやがった。

「いえ、まだプロモーターという仕事自体を理解していないもので」

路子は笑って答える。路子の理解では、プロモーターとは興行師を指すはずだ。だが音楽業界ではメディアにプロモーションをする者をプロモーターと呼んでいる。

アーティストの担当はアー担。あるいはA&Rという肩書になる。

A&Rはアーティスト・アンド・レパートリーの略で、本場米国では日本で言うところのディレクターを指す名称となる。

『この業界では、本来の意味よりも、なんとなくそれらしく聞こえ、かっこいい名称であることが優先される』

役作りを指導する田中がそう教えてくれた。

田中いわく、欧米ではレコーディングディレクターという呼称もめったに使われないという。日本の音楽業界が映画界に倣ってそう呼んでいるだけらしい。

「得体(えたい)の知れない仕事だよ。寺澤さんも、元はアーティスト志望？」

「いいえ。ただのキャバ嬢でした。ようやく昼間の仕事につけたって感じです」

答えながら髪を掻き上げた。さりげなくバストを突き出す。本日は、地味な臙脂(えんじ)色ではあるが体にぴったりフィットするニットのセーターを着ていた。

バストの形がはっきり見える。

「キャバ嬢……」

桜井は眼を丸くして、視線をそのまま伊能に戻した。戸惑った表情を見せる。

「桜井さん、違いますよ。寺澤は普通のプロモーターです。そっちじゃないです」

伊能が声を張った。

そっちとは接待要員ということか。

路子は腹立たしく思う以前に、ルーレットレコードの体質を垣間見たような気がした。

そう見れば、先ほど桜井が宇垣ミイナのデビュー前の関係に動揺した意味も理解できる。

この男はミイナを食ったことがあるようだ。

「いや、そうだよな。いくら伊能ちゃんでもそこまでエグいプロモーションをかけてはこないよな」

桜井の顔に安堵が浮かんだように見えた。

「話を戻しますが、どうでしょう化粧品会社、うまく音だけ貼り付けられませんか？」

伊能が深々と頭を下げた。路子もあわてて礼をする。

「ちっ。ごり押しかよ」

「なんならミイナをここに呼んで、本人からお願いさせましょうか」

伊能が頭を下げたまま言っている。

「勘弁してくれよ。俺の一存で決められないのは知っているだろう」

「まずは桜井さんから本社のクリエイティブに上げていただかなければ、始まりませんので」

伊能はいまだ低頭している。

「第五クリエイティブの金沢さんが花吹雪化粧品の担当だ。だが春キャンの撮影はもう終わっちまっているよ」

「音だけ差し替えていただくわけには？」

伊能の声が低く唸るような調子に変わった。路子は妙な既視感に囚われた。なんどかこうした『お願い』の場面を見たような気がする。

威圧的な依頼。

そうだ。組対刑事時代に張り込みで何度も見た極道のごり押しだ。

彼らは、決して声を荒らげない。深く頭を下げるが、声だけは威圧的なのだ。そして次のセリフは――。

「桜井さん、私がこうして頭を下げているんですよ。ルーレットを代表してお願いに上がっているんです」

そう、その言い方だ。

『俺の顔を潰す気か？』と暗に仄めかしているのと同じだ。

しっかりと弱みを握っている証拠だ。

「わかったよ。伊能ちゃん、頼むよ、頭を上げてくれよ。俺、息が詰まっちゃうよ」

桜井は腰が引け始めていた。確かに、路子も狭い会議室の空気が極端に薄くなっているような錯覚を覚えた。

極道が言うところの『ケツが割れる瞬間』だ。

「色よい返事が聞けるまでは、帰れないんです」

「わかった。花吹雪化粧品の担当に持ち込む。けれど金沢さん対策もきちっとやってくれないと困るよ」

桜井はケツを割った。

「ありがとうございます」

伊能が頭を上げた。清涼感のある顔に戻っている。この男、表情や声色(こわいろ)も自在に変える
テクニックを持っている。どうやら、すっ堅気(かたぎ)ではなさそうだ。

「ふう。ホント負けたよ。結果、俺がルーレットの代わりに走り回らされんだよな」

桜井が大きな溜息(ためいき)をついた。

「費用はすべてうちが持ちます。五クリの金沢さんの好きなものは何でしょう？　うちの
ライブにご招待した際にあいさつした程度なので、よく知らないんです」

伊能が顎を扱きながら言っている。次の獲物を狙っている眼だ。

「ゴルフだよ。女や酒はさほどやらない。体育会のノリなんだ。遊びじゃない本格的なゴ
ルフをやる。俺は、そっちはからっきしだめだ」

桜井が長い溜息をついた。

「わかりました。金沢さんが喜びそうなパートナーを用意してプレイします。段取りをし
てください」

伊能が平然と言っている。

「おいおい金沢さんはプロ並みの腕だぜ」

「女子プロを用意できます。それも面白い趣向でプレイができるでしょう」

女子プロ？

伊能の言葉に、路子は息を呑んだ。伊能が続ける。

「シーズンオフなので、今月中なら付き合ってくれます」

「誰だよ？」

「名前は、目途(めど)がつくまで言えません」

拉致疑惑のある江波瑠理子ではないのだろうか？

「とにかく、いまから本社に行ってくる」

桜井が立ち上がった。

「コースはうちが押さえます。二週間以内にセットしてくれませんか。桜井さん、そっちにも御礼を出しますよ。それは西麻布の方で」

伊能はさらに詰める。

こいつは半グレだったに違いない。

この日は、ここで仕事終わりとなった。午後四時だった。伊能は神泉(しんせん)の自宅に戻って眠ると言う。

午後に仕事の成果があったら、夕方寝て、深夜にマスコミと飲むのが、プロモーターの常道だと笑った。

それを毎日繰り返すのだと。

路子はあっけらかんと答えた。

「私も帰ります。夕方眠ることだ。まだ昼の仕事に慣れていないので、眠くて」

「そう、夕方眠ることだ。ちょっと前までは六本木のサウナは、午後四時頃から十時まで、芸能事務所のマネジャーとホストで溢れかえっていた。俺らも似ている」

要するに、本当の仕事は夜ということだ。

夜に仕掛けて、昼に回収する。

どうやらそういうことらしい。ルーレットレコードはやはり堅気のレコード会社ではない。

第三章　闇の合奏（セッション）

1

マンハッタン。午後九時。藍色の空に粉雪が舞っていた。

谷村香織は、四十二丁目からタクシーをひろい、五番街をひたすら南に進んだ。

雪道でタクシーは何度も尻を振るが、百キロはありそうなアフリカ系の女性ドライバーはおかまいなしだ。ピンクの尖ったマスクの下で、キレのいいラップを口ずさみながら、猛スピードで飛ばしている。

「ユー、凱旋門（がいせんもん）に突っ込む？」

「そこでいいの」

香織は、五十ドル札を金網越しに渡し、車を降りた。

ワシントン・スクエア公園の前だった。

グリニッジビレッジの中心部でもある。公園の左右にはニューヨーク市立大学や名門ジャズクラブ『ブルーノート』がある。

クラブから微かにではあるが、アルトサックスの音色が響いてくる。スローナンバー。まるで歌っているような響きだ。公園の周りを行き交う車のヘッドライトに、夜空を舞う雪がライトアップされる。

雪がフォービートで踊っている。そんなふうに見えた。

香織は公園を横切るようにブルーノートの前に進んでいく。寒い。グレンチェックのオーバーコートの襟を立て、黒のマフラーを結び直した。

ブルーノートの前に十人ぐらいの人だかりができている、それぞれ足でリズムを取りながら聴いていた。

真冬だというのに、扉がわずかに開けられており、そこから音が流れ出ているのだ。無料で聴ける粋な計らいである。

入場料も立見席なら十ドルだ。ビール一杯飲みながら、超一流アーティストのプレイを堪能するには格好の場所である。

香織もブルーノートの前に立ち、アルトサックスの音に耳を傾けていた。ジャズのことなど何も知らない香織だが、このメロディは知っていた。

サックスのメロディで聴くのが初めてだったので、咄嗟(とっさ)に曲名が出なかったが、口ずさんでいるうちに曲名が口を衝いた。

『ワッツ・ア・ワンダフル・ワールド』。

名曲中の名曲、ではないか。

香織は思わず夜空を見上げた。雪が音符のマークになって降ってくるようだった。

「オリジナル曲が売れている一流プレイヤーも、ここではオーソドックスなナンバーをやりたがる。ブルーノートへの敬意なのさ」

背中で日本語が聞こえた。

振り返ると背の高いアフリカ系の男が立っていた。黒のオーバーコートに焦げ茶色のボルサリーノ。それに黒のマスク。不気味すぎた。

左手にサックスのハードケースを下げている。

古いギャング映画から出てきたような男だ。ぱっと見、四十代半ば。

「マルコ・モンタナだ」

「日本語がうまいのね。私がサソリよ」

香織はこの夜のためのコードネームを伝えた。日本を代表するハードボイルド女優の出世作から取ったネームだ。

　マルコが白い歯を覗かせた。

「キャンプ・ザマに五年いた。多少は話せるようになるさ」

「五年だけじゃないでしょう。その後、横浜に五年。帰国したのは去年よね」

　香織は、空を見上げながら言った。

　マルコは在日米軍基地の輸送部隊に所属していた男だ。除隊となった後も日本に残り、横浜の伊勢佐木町で覚醒剤の元売りになった。

　仲卸は、半グレ集団『マリンキッド』の幹部で、扱っていたのは、アフガニスタン産の純度の高い覚醒剤だった。

　マルコは嘉手納とカブールを行き来する爆撃機の隊員たちを手なずけていたのだ。ひと財産できたようだ。横浜の山手に豪邸を立てている。

　ブルックリンから弟のファビオを呼び寄せ、さらに販路を拡大しようとしたところで、ドジを踏んだ。

　パクられたのは弟の方だった。風俗嬢に扮した神奈川県警の女刑事に手玉に取られ、シャブを渡してしまったのが運の尽きで、マリンキッドの幹部五人も逮捕されてしまった。

　マルコは、その日たまたま取引現場に行かなかったため、辛くも日本を脱出できた。

「ファビオは、確実に出してもらえるんだよな」

「保証する。裏の司法取引よ」

香織はスマホを取り出し、画面をタップした。

朝っぱらの成田空港が映る。

神奈川県警の刑事ふたりに挟まれたファビオ・モンタナが、待合室のソファに座っていた。

マルコの眼が光った。

「ファビオ、チケットを見せろ」

スマホに向かって英語で叫んだ。ブルーノートの中から大きな拍手が聞こえた。曲が『ジャスト・ザ・ウェイ・ユー・アー』に変わる。ニューヨーカーがこよなく愛するナンバーだ。

「兄さん。三時間後に飛ぶ便のチケットだ。こいつらは信用できる」

ファビオがチケットをレンズに近づけた。

マルコが顔を近づけ、日付と名前、便名を確認している。

「うまくアシストしてくれたら、十五時間後には、ケネディ空港で涙の再会ができるわ」

香織はあくまで日本語で伝えた。東京－ニューヨークのフライト時間は約十二時間だ。

「ファビオ。わかった。必ずそのアメリカン航空の座席に座らせてやる」

マルコが頷いた。

「いそがなくて平気？」

香織は腕時計を見た。

「すぐにケリをつけてやる。アシストではなく、俺がそのジャーナリストを引っ張り出してやる。あんたは自分の身を守っていればいい。こいつを持っていろ」

マルコがオーバーコートのポケットからハーモニカケースを取り出した。

「ひょっとしてデリンジャーとか？」

「ブルースハープだ。楽器は、恐怖を和らげるのに役に立つ」

マルコが歩き出した。

ソーホーの方へと向かっていく。

蛇（じゃ）の道は蛇（へび）だ。

香織は、東京の路子から命を受けてから、必死にニューヨークの闇社会に精通している人物を洗い出した。

ＣＩＡのビッグデータが役に立った。十時間ほど格闘して日本とも関係の深いマルコ・モンタナにたどり着いたわけだ。

ＣＩＡやＦＢＩを動かすと、逆に敵に知られる可能性もあった。ＣＩＡ、ＦＢＩとマフィアは実は表裏一体なのだ。日本のマルボウと極道との関係など比ではない。

この国では、警察力で解決できない問題を平気でマフィアに請け負わせるのだ。時に政争にもマフィアが関わってくる。

ケネディ大統領暗殺の時代から、それはさほど変わっていない。

ならば、ダイレクトに要請した方が早い。

警察庁公安課から神奈川県警に司法取引を要請した。公安事案とあって、神奈川県警は穏便にことを進めてくれた。

果たしてファビオは外国人収容者の多い横浜刑務所から出獄することになったのだ。

三時間以内に、週刊文潮の梶原を奪還できればだ。

五分ほど歩いて、グランドストリートからマルベリーストリートに入った。リトルイタリーと呼ばれる界隈だ。雪のせいか、車はほとんど行き来していない。

「あのビルだ。どうやら敵はいるようだな」

マルコが赤煉瓦造りのビルを指さした。

「ずいぶん古いビルね。いったいどれぐらい前からあるの？」

「ブルーノートよりもずっと前だ。八十年は経っているんじゃないか」

お互い白い息を吐きながらビルの前まで進んだ。

四階建て。一階は小さなレストラン。テーブルが赤と白のギンガムチェックなのが古き良きイタリアンレストランを連想させる。

ふたり用のテーブルが縦に四席。あとはカウンター席だけの店だ。

店のガラス扉には赤地に白文字の『CLOSED』のプレートが出されていた。

灯りはついていて、店主らしき太った男が、モップで床を拭いている。ニューヨークでは、経済活動が再開されているが、まだ新型コロナウイルスの感染力が衰えたわけではない。客足は鈍いようだ。

二階、三階の窓は暗く、四階のアーチ形の窓からぼんやりとした灯りが漏れていた。

「屋根から降りる」

マルコが言った。

「はぁ?」

「善良なレストランのマスターに迷惑はかけられない。ニンニクと玉葱(たまねぎ)のトマトソースのパスタが旨(うま)いんだ。明日も食いに来る」

「どうやって上がるのよ?」

「その路地に梯子(はしご)がある」

マルコはレストランと真横のビルの隙間にある路地に進んだ。隣のビルはオリーブオイルの専門ショップのようだ。もちろんもう閉店している。

2

「サンタクロースは先月に来たばかりじゃないの。次に来るのは十一か月も先だと思うけど」

煙突を指さしながら香織は、肩を竦めた。

マンハッタンとはいえ、このあたりは古い低層の建物ばかりだ。後づけのＬＥＤ看板などがなければ、映画で見た一九四〇年代の街並みとさほど変わらない。

かつてはマフィア同士の銃撃戦も頻繁にあったが、現在は北のハーレム同様、退屈なほど治安のよい街とされている。

雪で過去の一切合切を浄化しているようにも見えた。

「奪ったプレゼントを悪党に返品してもらうのも、サンタの役目だ」

煉瓦を組み上げた煙突は、高さ一メートルほど。三十センチ四方しかなかった。

「私のバストは通らないわね」

「それ以前に、ヒップが無理だろう」

マルコが無表情に言い、サックスの形をしたハードケースを開けた。

「大きなお世話よ……って、とんでもないものが入っているわね」

ハードケースの中身は、なんとサブマシンガンだった。日本のヤクザが隠匿(いんとく)している五十年も前の旧ソ連製などとは違う。

APCP。スイスのブリュッガー&トーメ社製で、現在米軍が前線で使用している最新鋭の銃だ。

銃身が短くコンパクトな銃だが、威力は充分なはずだ。

他に細いチェーンが入っている。取り出すと長さは十メートルぐらいあった。先端にフックがついていた。使い方はだいたい想像がつく。

「そのマシンガンでは軽すぎて、照準がさだまらないってことはないの?」

専門家として質問した。香織も刑事として拳銃の訓練は受けている。だが、日本の警察官は、特殊部隊(SAT)以外、マシンガンの訓練が受けられない。

敵を殺傷することが目的の軍隊と異なり、警察はあくまでも犯人を逮捕することが目的であるからだ。

「マシンガンは、狙い撃ちが目的ではない。それならライフルの方が適している。掃(は)くように撃つ。皆殺しにするためさ」

「人質までやられたら、弟さんは戻ってこれなくなるけど？」

香織は念を押した。

「そんなドジは踏まない。輸送兵でもマシンガンの訓練は受けている。黙って見ていろよ。それと、あんたもハーモニカを手にしていたほうがいい。ただし、俺が指示するまで吹くな」

「わかったわ。でも、どうやって侵入するわけ。窓でも叩き割るの？」

「叩き割らなくても、敵が開けるよ」

マルコはさらにハードケースの中から、円筒を取り出した。

「ダイナマイト？」

「バカな。いまどきそんなものをこの街で使うバカはいない。これはコロンのボトルだよ」

「コロン？」

香織は鼻を突き出した。

「やめとけ。誰もいい匂いだなんて言っていない」

マルコが円筒型のボトルの蓋(ふた)を捻(ひね)った。

マスク越しにも悪臭が上がってくる。いやな口臭に近い。魚が腐ったような臭いでもある。

「なにこの匂いは？」

香織は咽せた。

「嫌がらせ用だ。昔は小動物の死骸を投げ込んだものだが、マフィアも動物愛護の精神が浸透してな。最近は化学合成でできたこんなコロンを使っている」

マルコが言いながら、煙突の中にその悪臭液を垂らし始めた。ドレッシングのように振って液を落としている。マルコもさすがにボトルからは顔を背けていた。

「この煙突って、本当に下まで繋がっているのね」

香織は煙突から一メートルほど離れて、マスクの上にさらに手のひらを当て、悪臭を避けながら聞いた。

「いまどきの家なら、模造煙突に模造暖炉だろうが、八十年前の建物は本物だ。ダイレクトに暖炉に落ちる」

「だったら燃えちゃわないの？」

「あのな、本物の暖炉があってもいまどき火をくべる奴は、まずいない。日本人はニューヨーカーを誤解している。『ゴッドファーザー』とか映画の観すぎだ。バーカ」

流暢（りゅうちょう）な日本語で切り返された。

発煙筒ほどのサイズのボトルの半分まで液体が落ちたとき、突如、四階の部屋から悲鳴が上がった。

「いやぁあああああっ」

女の声だった。

「うわぁあああ、くせぇ、息が詰まる」

続いて男の声。

窓が開けられる音がした。

「なっ、開けてくれただろう。突入だ」

マルコの眼が笑う。オーバーコートを屋上から放り投げた。雪に覆われた路上に落ちる。人形（ひとがた）に広がっていた。まるで影絵だ。フィリップ・マーロウに見えなくもない。

マルコがマシンガンのストラップを肩に掛けた。

悪臭液ボトルごと煙突の中に放り投げた。暖炉の中でボトルが割れる音がする。臭いが一気に拡散するに違いない。それにしても、品のない攻め方だ。

「でも、この臭い、私も無理よ」

「我慢しろよ。死ぬわけじゃねぇ」

マルコが錨のような形をしたチェーンのフックを屋根の縁にかける。逆端を外へと放り投げた。チェーンはほぼ二階と一階の際まで落ちた。

「忍者ね」

「コンバットと呼んでくれ。あんたもハーモニカを咥えて続け」

するすると下りていく。

「了解」

香織もコートを脱いでチェーンを摑んだ。距離は二メートル弱。ジャッキー・チェンやトム・クルーズでなくてもこれぐらいは可能だ。

マルコが窓枠まで下りた。

「エブリバディ、動くな！」

マシンガンを抱えて怒鳴った。甲高い女の悲鳴が上がった。

それにしても臭い。吐き気がしそうだ。しかもマルコと異なり、香織はハーモニカを咥えたために、鼻孔が無防備になっていた。

「んんんんんっ」

唸りながらチェーンを降りる。

「あんたノーパンか？」

一瞬、見上げたマルコがそう呟いた。サブマシンガンは部屋に向けたままだ。ウールのぴったりサイズのパンツを穿いていた。真下から覗かれたら、そりゃマン筋がばっちり見える。

いやんっ。

とも言えなかった。ハーモニカを咥えているからだ。

マルコは好色な眼をしたまま、室内に飛び込んだ。ゲボゲボと咽せている。やはり腐臭は相当のものらしい。

香織も降下し、すぐに窓までたどり着いた。

真っ裸の男女がベッドの上で悶え、カメラマンとライトマンが機材を持ったまま、床にへたり込んでいた。どちらも小柄な白人。中南米系のような彫りの深い顔だった。

ふたりはマシンガンの銃口に慄き、壁に背をつけていた。容赦のない悪臭にふたりの顔がどんどん歪んでいく。

それは香織も同じだった。

ベッドで悶絶していた男は、週刊文潮の梶原俊市であった。たぶん、ＥＤ治療薬をたっぷり飲まされているのだろう。男の象徴が異様なほどにそそり立っていた。

香織は、マルコに親指を立てて見せた。

女の方はバストもヒップも大きな白人だった。髪はブロンドだ。ベッドの向こう側に暖炉が見えた。もろに腐臭を嗅(か)いで呼吸が困難になっているようで、足をバタつかせていた。

陰毛はない。ピンクの亀裂が時たまこちらを向いた。

「そこのジャパニーズ、こっちへ来い」

マルコが日本語で指示した。

「うっ、息が詰まって……」

梶原がのろのろとベッドから下り、床を這いながら窓の方へとやって来た。香織を見あげて眼を見開く。香織は、ハーモニカを咥えたまま、首を横に振った。

喋るな！　の意だ。

マルコはカメラマンとライトマンに銃口を向けていた。ふたりは微動だにしない。

梶原が香織の真横までたどり着いた瞬間だった。ベッドの上で鼻と口を押さえていた白人女が、股間をこちらに向けた。

「あうぅうう」

苦しみの声をあげ、股を大きく広げた。女の肉の扉が開き、とろ蜜だらけの花弁が丸見えになった。

マルコが一瞬見惚れた。

不意にライトが光った。床にへたり込んでいたライトマンがマルコに向けてスイッチを入れたのだ。

「うわっ」

百万カンデラの光の銃弾が飛んできた。マルコが悲鳴を上げた。

香織は咄嗟に視線を床に向けた。

梶原は幸い背中を向けていた。

「サソリ、光っている方に向かって、ハーモニカを思い切り吹け」

眼を瞑ったままのマルコが、叫んだ。

香織は、眼を瞑り、ハーモニカを光の中心より下に向けて、思い切り吹いた。

ぶひっ〜と鳴る。屁をこいたような音だ。およそハーモニカが奏でる和音ではない。音と共に、ハーモニカの裏側から何かが飛び出していた。

「くわっ」

瞑った瞼の向こう側で、光が倒れる気配がした。おそるおそる眼を開けると、ライトが床に落ち、光はベッドの下を向いていた。

香織は進み出て、すぐにライトを割った。

ライトマンの肩に吹き矢が刺さっていた。真横にがっくりと頭を倒している。

真横でカメラマンが、涙目になっていた。

「ノー、殺すな。俺はポルノを撮影していただけだ」

スペイン語訛(なま)りの巻き舌英語だった。

わなわなと震えている。香織は愕然(がくぜん)とした。殺人はまずいのだ。黒須機関では、闇処理と決定した相手以外は殺してはならないという掟(おきて)がある。これは不文律(ふぶんりつ)だ。

「サソリ、心配するな。麻酔矢だ。寝ているのは一時間だ」

「なるほど、ではあなたにも」

香織は、カメラマンに向かってもハーモニカを吹いた。太腿を狙った。

べりぶちゃぶひ。

ちょっとおなかを壊したときのおならのような音がした。まったくもってレディにあるまじき音だ。カメラマンはすぐに気を失った。

憤慨しながら香織はカメラを奪い取った。メモリーメディアを抜く。

「マルコ、その光の威力もあと二分ぐらいの我慢よ。徐々に見えてくるわ」

百万カンデラの爆光(ばくこう)を一分以上見続けていれば、失明の可能性もあるが、一瞬だけなら、致命的なことは起こらない。非致死性の武器、特殊閃光弾(スタングレネード)の原理だ。

「ＯＫ、軍でも人質解放に使うやつ、閃光弾の一種だな。なんとなく見えてきた。まだぼんやりしているが」

眼を擦りながら、ゆっくり銃口を上げ始めた。

それにしても、とにかく臭い。

悪臭と言い、ハーモニカの屁のような音といい、最低な襲撃方法だ。

「いやぁあああああああ」

女が突如、鼻を押さえて絶叫した。悪臭と恐怖に耐えられなくなったようだ。

「うるせっ。ちっ、予定よりも三分余計にかかっちまった」

エレベーターが上がってくる音がする。真冬に窓が全開になり、女の悲鳴があがっているのだ。誰が通報してもおかしくない。

「ちっ、仲間が来ちまいそうだ。どうやらチェーンで路上に下りるしかねぇな。サソリが先で次はその男だ。最後に俺が降りる。大丈夫だ、眼は見えてきた」

「わかったわ」

聞いている端から、エレベーターの扉が開く音がする。

香織は窓からチェーン伝いに降りた。二階あたりまで行くと、上から真っ裸の梶原が降りてくる。

「寒いよ。凍えて死んじまうよ」

ブツブツ言っている。見上げると睾丸（こうがん）が丸見えだった。

香織は、最後の二メートルほどを飛び降りた。バランスを崩して雪の路面に転がる。

そのうえに梶原が降って来た。

「やだっ、変なもので突かないで！」

股間同士がぶつかり合い、梶原の男根（だんこん）が香織の柔らかい部分に当たった。

イタリアンレストランの店主が、ビールグラスを片手に眼を丸くしている。

Vサインを送っている梶原の頭を思い切り叩（はた）いた。

四階から、スネアドラムとシンバルが鳴るような音が聞こえてきた。いったい何が起こっているのかさっぱりわからない。

すぐに窓から黒い影が現れて、サブマシンガンを抱えたマルコがチェーンを伝って下りてくる。

グランドストリートの方から、尻を振りながらブラックボディのキャデラック・エスカレードが突っ込んでくる。装甲車のような威圧感のある車輛だ。後部席のサイドウィンドーが開き、ライフルの銃身が伸びてきていた。

ヤバイ。

香織は真っ裸の梶原を抱いて、車道から歩道に向けて回転した。男根を股に挟んだままだ。

「うわわっ、冷てぇ」

背中や尻山に雪を付けた梶山が悲鳴を上げた。トップ屋も真っ裸では形無しだ。

「まだ、死んでもらっては困るのよ」

香織は梶原の男根を思い切り握りながら言った。支えが欲しかっただけだ。

車道に弾丸が飛んできた。

幸い車がスピンしまくっているので狙いがでたらめになっていた。

「ひぇえ」

手に生温い感触をえた。

「嘘でしょう」

この期に及んで、梶原が射精しやがった。

「あんたに擦られたからでも、弾丸にビビったからでもない。発射寸前で、マシンガン男が飛び込んできて、寸止めをくらっていたせいだ」

梶原が弁解がましく言った。ススキノを舞台にした探偵映画で、天然パーマの眼のデカい主演俳優が言いそうなセリフだ。

と、キャデラックの左右の扉が開き、ライフルを持った男たちが駆け寄ってきた。がっしりとした体格の男たち。どちらも毛糸の帽子を被っていた。滑りながら駆けているので動きが鈍いが、至近距離から狙われたらアウトだ。

「なんてリズム感のねえ野郎たちなんだ。ちゃんと踊れ」

三階までチェーンを伝ってきていたマルコが、男たちの足元をサブマシンガンで掃射した。

バリバリバリバリというマシンガン特有の銃声ではなく、スネアドラムとハイハットの音がした。実にリズミカルなチャーリー・ワッツ風。

トリガーを引くと同時に鳴る擬音を仕込んでいたわけだ。

誰も銃撃しているとは思わない。

やってくれるじゃないか。

ライフルを持った男ふたりが雪道でステップを踏んだ。タップダンサーのようだ。すぐにすっころんだ。

イタリアンレストランの中で、店主も腹をゆすって踊っている。

ニューヨークはいかした街だ。

「あのキャデを貰うぞ」

マルコがボンネットの手前も掃射した。

「車とキーを置いて、とっとと失せろ」

運転席と助手席の男が拳銃を構えながら飛び降りてきたが、勝ち目がないと見たか、すぐに踵を返した。

三人でキャデラックに乗り込んだ。真っ裸の梶原に運転させる。陰茎はまだ直立したまだ。いくら射精しても、薬が効いている間中、硬直し続けるのだからしょうがない。

「JFKの近くのホテルまで送るわよ。仮眠でもしてちょうだい。部屋代はこっちが持つ」

香織は後部席に乗り込むなり、マルコにそう言い、スマホを取り出した。成田空港にいる神奈川県警の刑事に電話する。

「こちら奪還任務完了。ファビオ・モンタナをアメリカン航空に乗せてください。協力に感謝します」

「承知した」

カナケンの刑事の声がした。

すぐにハドソン川が見えてきた。裸で勃起した男の運転する車で、雪降る橋を渡るのは何ともシュールな光景だ。アンディ・ウォーホルも考えつかないだろう。

刑事に付き添われて成田空港の搭乗口に向かうファビオの映像を見せながら、マルコにおもむろに訊いた。

「あいつら何者？」

「プエルトリカン・マフィアだが、いまはチャイナタウンに住みついている。ヌードルマフィアの手先になっているのさ。リトルイタリーに手を突っ込んできてやがる。チャイナ系だとひとめでわかるが、中南米だと気付きようがない」

マルコが苦々し気な顔をする。

マンハッタンにおいてリトルイタリーとチャイナタウンは隣接している。

ところが、一世紀前に住みついたイタリア移民たちは、老朽化した街から徐々に他の街に移りはじめている。

それをよいことにチャイナタウンが拡張しているのだ。

ＣＩＡでも懸念していた。

どんな国も闇社会の支配者が、その国を裏から動かすことになる。

もしもかの赤い国が、それを国家の手段としているとすれば、由々しき問題だ。

「マフィアの本拠地が奪われそうね」

「俺たちアフリカ系の知ったことじゃない。けどな、生まれ育ったブロンクスで、マフィアの息子たちとよく遊んでいた。妙な縁ができたってことだ。どっちに肩入れするかと言えば、イタリアンだ。それだけのことだ」

「自由主義陣営として御礼を言うわ」

香織は、握りこぶしを突き出した。

「弟を助けてもらった。ウィンウィンだ」

グータッチを交わす。

それにしても、だ。

「聞きたいんだけど、この音はなぜ？　自分のマシンガンはドラムビートなのに」

ハーモニカを取り出した。

「女が屁をこくのを聞くのが好きなんだ。セレブの屁も貧乏人の屁も同じ音がする。美女もブスも屁の音は似たり寄ったりだ。あんたの屁の音をイメージしたかった。サソリ、あんな音じゃねえのか？　ブヒッってさ。それに眼の前で吹かれた奴も、啞然となって躱すことを忘れるだろう。この女、屁をこいたって思ってさ」

マルコは膝を叩いて笑い出した。

くだらない。くだらなすぎる。そんな理由であんなハーモニカをつくったのか。悪趣味すぎる。

香織はシートから尻を浮かせて、思い切り鳴らした。盛大な放屁だ。ガスが溜まっていた。ハーモニカよりも遥かに低音。コントラバスのように響かせた。

「くせぇ。くせぇよ。あんた今日、何を食った」

マルコが鼻を摘まむ。悪ガキの笑顔だ。

「日本レストランで納豆と塩辛」

デタラメを言ってやる。

「うわぁあああ。くせぇわけだ」

マルコがおおげさに額を叩いた。

「日本にいた頃に聞いているでしょう」

「あぁ、臭い仲って言うんだろう」

マルコも尻を上げた。

来る！

香織は両手で鼻を押さえた。

ブバンッ。バズーカ砲のような音だ。マルコの尻が十センチ飛び上がったのではないかと思う。

「私のは……」

「俺は、チリビーンズにジャガイモだ。それにさっきのボトルと同じものを一本飲んだ。拉致されたら車の中で屁をかましてやろうと思ってな」

いくら鼻を押さえても吐きそうになった。

「参った」

香織は急いでサイドウィンドーをあけた。自分でこいた癖に、マルコも急いで開けている。冷気が吹き込んできて、悪臭を押し流した。

運転席の梶原がくしゃみをした。

「俺は、いつまで裸でいることに？」

「あんたには、これからたっぷり話を聞くわ。ってか、こっちの都合で動いてもらうから。エアコンもシートヒーターも効いているんでしょう。とにかく空港までしっかり運転して」

香織は、カメラから抜き取ったメモリーメディアを振って見せた。

梶原の耳の下に汗が浮かぶ。とにかく弱みを握れは、黒須路子の教えだ。

『善事のための悪事ならば許される。大きな善行をなすための些細な悪を天は許す』

それが黒須機関の行動理念である。

ＪＦＫ空港までタクシーで五分とかからないクイーンズエリアのホテルに到着した。マルコを降ろす。

「屁の音を聞くたびにサソリのことを思い出しそうだな」

いきなり尻を向けて、ブヒっと引っかけられた。

「私もよ」

香織も屁をこいてみせた。なんだかセックスをした以上に打ち解けた気分だ。屁をしあえる仲とは、夫婦並みだ。

「もう会うこともあるまい。俺の想い出に、このボトルを二本やる。いざというときに武器になるのはわかっただろう。ハーレム・マフィアの最新兵器だ」

マルコが件の悪臭液の入ったボトルを二本くれた。

「ありがとう。使用方法は要注意ね」

路子にいい土産ができた。マルコがホテルのエントランスに向かって去っていく。

「さてと、あなたともどこかのホテルに行きましょうかね」

梶原の背中に伝えた。

「とにかく服を着せてくれ。話すことはなにもないよ。セックス場面はもうさんざん撮られた。やつらは、まもなくポルノサイトにアップするだろうさ。どのみち、俺は記者としては終わりだよ。取材で得た情報は、記事にしかしない。大使館関係者を俺は信用していない」

梶原は、香織をまだ大使館員だと思っている。

「たしかに正論ね。でも、その硬い頭とチ×ポを柔らかくしてあげるわ。そのへんのモーテルに入って。言うこと聞かないと、裸のまま雪の中に放り込むわよ」

後部席でハーモニカを咥えた。

「わかったよ。勃起したまま凍死はごめんだ」

梶原はロードサイドに大きな看板を出しているテラスハウス風のホテルに入った。

さてと、ストレス発散といくか。

香織は不敵な笑いを見せながらキャデラックをガレージにつけさせた。

3

黒須路子は神宮外苑（じんぐうがいえん）のゴルフスタジオで久しぶりにクラブを振っていた。

午前十一時。

そろそろだ。

そう思いながら、ドライバーを思い切り振った。腰が回転し切れず、腕が先行して回っていく。

案の定、ボールは百二十ヤード付近まではまっすぐに飛んでいたが、その後、大きく右へ旋回してしまった。

この場は、この程度でいいだろう。

それより成田空港はどうなっている？

ファビオ・モンタナは無事に飛んだのか。

「手が先に行っただろう。ゴルフは腰だ。以前はどれぐらいで回っていたんだ？」

眼の前の打席で打っていた伊能が振り向きざまに言った。

飛び上がった球筋を見て、すぐに気づいたようだ。

「一〇〇を切った日は、自分でお祝いしていました。五回ラウンドして、せいぜい一度の確率です。一一〇は叩かないように、当時は懸命に練習していました。キャバ嬢としてはそれで充分だったんです。同伴のお客様に迷惑をかけない。さりとて出すぎない。同伴者も私たちを連れて行くときはお遊びでしたから」

路子は爪を隠すことにした。

ワンラウンド八〇前後で回れる自信はあった。組対(マルボウ)刑事時代、情報を取るために、極道の賭けゴルフに何度も参加した。負けたことはなかった。

「いや、似たようなものだと考えていい。俺らプロモーターもマスコミ相手のホストみたいなものだ。ただ水準が、十ほど上だ。コンスタントに一〇〇は切れた方がいい。けれど九〇を切ると、相手によっては逆に気分を害してしまう。わずかな差で勝たせて、賞品と称した贈り物を持たせて帰らせるのがいい」

「賞品はどんなものですか?」

「一番喜ばれるのが商品券だよ。換金性が高いからね。十万円ぐらい。換金しなくとも、家に持ち帰れば、奥さんに喜ばれる。自分の存在感を自慢できる」

伊能はクラブを振っていた。じつにゆったりとしたスイングだ。

ボールは美しい放物線を描く。キャリーで二百ヤードは飛んだようだ。たいした腕前のようだ。

アマチュアとしてはトップレベルだ。

「ナイスボールですね。伊能さん、体育会のゴルフ部とかの出身ですか」

「いや。体育会ではあったけれどキックボクシングだよ。N大のキックボクシング部。それが生まれて初めて行ったクラブでダンスに嵌(は)まってさ。ヒップホップ。あのリズムを聴きながらキックの練習をしていたら、どんどん調子よくなってね」

伊能が次々にボールを放ちはじめた。

ミスショットはまったくない。

「それで就職はレコード会社に？」

路子は七番アイアンに切り替えた。百五十ヤードのピンに狙いをつけて打つ。軽く打つ。手前十ヤードに落ちて転がって行った。ピンそば一メートル以内に入った。

伊能の後ろで打っているので、球筋は見られないはずだ。

「いや、卒業後は渋谷のスポーツジムに就職。筋トレのトレーナーをしてた。芸能人もよく来るジムでね。そのうちクラブの遊び仲間に、うちの会長を紹介されて、いつのまにかボディガードになっていた……おっと俺の経歴なんかどうでもよかったな」

そこで伊能は言葉を切った。ボディガードの一言は失言だったのだろう。路子はそこを聞き逃さなかった。

そして『クラブの遊び仲間』がどんな連中だったのか、気になるところだ。

「でも種目は違っても大学の体育会で鍛えた人は、やっぱどんなスポーツをやっても一般人とは腕前が違いますね」

褒めながら路子も七番アイアンを振った。落としどころがよく、ボールはピン十センチまで接近した。

「おい、いまのアプローチで一〇〇を切れたら嬉しいなんて言い方はないだろう」

いきなり伊能が振り返った。玉筋を見ていたようだ。

「えっ、たまたまですよ」

路子は舌を出してみせた。

だが、伊能は背後のチェアに置いてあったスマホを引き寄せ、画面をタップした。

「いや、寺澤のスイングは、きっちり基礎ができている。キャバ時代も、それでうまく人たらしをしていたんだろう。俺をからかうな」

伊能は、路子のスイング画像が撮れるようにスマホを起動させていたのだ。

「まさか。そんなつもりはさらさらありませんよ」

路子はすぐに次のボールを打った。フェースがトップ気味に入り、ボールは低く飛び出していく。目標の百五十ヤードのピンの前で大きく跳ね上がり、十ヤード以上もオーバーしていった。

「わざとトップさせる技術も持っているようだな」

伊能にじっと見つめられた。

「そんなぁ、買い被りですよ」

と、同じく椅子の上に置いた路子のスマホがバイブした。タイミングが悪い。液晶画面は上を向いてる。伊能にも発信者名が読めるだろう。

【通知不可能】の文字が浮かんでいる。

【非通知】ではない。【通知不可能】だ。これはかけた相手の意思ではなく、電話会社が通知を不可能と判断した場合に出る。

もっとも多いケースは国際電話だ。

やばい。

香織に違いない。

路子は、出るか否か逡巡した。

「出ない方がいい。おそらくマニラや上海からのフィッシング電話だ。日本から連れていかれた連中がランダムにかけてくる」

伊能が言った。そういう見立てもできる。二年前、マニラからの電話をかけまくっていた特殊詐欺グループを摘発した経験があるぐらいだ。路子も香織からかかってくる可能性がなければ、そう割り切って無視する。

伊能も特殊詐欺に詳しいようだ。

「そうですね」

バイブし続けるスマホを無視すると、今度は伊能のスマホが鳴った。すぐに出た。

「はい、伊能です」

返事をしながら親指を立てる。課長の平尾からという意味だ。

路子は頷き、聞き耳を立てていないというポーズで、練習に戻った。再びドライバーにする。ハーフスイングでまっすぐ飛ばした。その代わり距離は出ない。百五十ヤードほどだ。正確さを求めた練習をしている印象を伊能に植え付けておく。

方向性を定めると今度は距離が出ないというアピールだ。

路子のスマホのバイブは止まっていた。

「わかりました。これからリハスタに向かい、Nの田宮さんの条件を聞いてきます。夜は西麻布へ。えっ？　寺澤も一緒で本当にいいんですか？　いえいえ、ちょっとまだ早いんじゃないかと……」

伊能の声が聞こえる。

路子は振り向いた。あえて怪訝な顔をしてみせる。伊能がソッポを向いた。通路の方を向いている。

「ええ、それとEのことは湘南ブルーカントリー倶楽部にお願いします。課長、彼女もう、調教できているんですよね？」

そんなことを聞いている。真剣な口調だった。

調教？

路子はこの間に、自分のスマホを取った。留守録が入っている。すぐに再生した。香織の声が入っている。

OKだ。暗号で入っている。

梶原とファビオ・モンタナの交換は無事に済んだということだ。そして香織は、いま梶原の聴取に入っている。

まさしくそれを伝える暗号の声が入っていたのだ。

伊能が電話を切ってこちらを向いた。

「台場のリハーサルスタジオに行くぞ。青山通り39の通しリハをやっている。選抜クラスには寺澤のことも紹介しておこうと思う。コンサートの当日取材のときは一緒に仕切ることになるからな。アー担の橋本や倉橋も紹介する。連携することが山ほどある。それに中島奈央の事務所のマネジャーとの打ち合わせもある。同席してくれ」

いよいよ芸能界の中枢に踏み込めるようだ。

「はいっ。中島奈央を生で見られるなんて、私、まじレコード会社に入ったんですね」

路子はあえてミーハーを演じた。

「奈央は利口な子だ。新人プロモーターや局の末端ADにも丁寧に接するタイプだ。マナーもいい。根拠のない自信ばかりを口にする世間知らずのタレントとは大違いだ。けどな、そのぶん、マネジャーがうるさい。対応には充分気を付けてくれ。ちょっとしたことに難癖をつけて、いろいろと条件を吊り上げてくる奴だ」

　そう言う輩には慣れている。

　路子は大きく頷いた。つづけて、

「あっ、伊能さん、さっきの怪しげな電話、留守電に変な声が残っていて。ちょっと聞いてくださいよ」

　といい、スマホを差し出した。

「はぁ、詐欺電で伝言を残すって珍しいぜ」

「聞いてください」

　路子は再生をタップし、伊能に渡した。伊能が顔を顰めた。

【アァ～ン。そのおっきいの頬張ってあげる。それとも手がいい？　何度も出してあげる。いっぱいいっぱい出しなさいよ。あぁ、私の突起も舐めて、あん、噛んでもいいのよ】

　香織の声が再生されているはずだ。微かに男の喘ぎ声もある。

「久しぶりだな、この手の送り付けエロテープ。いずれショートメッセージで料金請求が来るはずだ。国際電話なら追跡されづらいってこったな。請求は無視しろよ。もし直電があったら、怒鳴り飛ばしてやれ。ケツは俺が持ってやるよ」

伊能の眼が据わった。

やはり堅気と闇社会の狭間(はざま)にいる男だ。

「わかりました。いざというときは、お願いします」

路子は安堵の顔を浮かべてみせた。

勝負はこれからだ。

第四章　不協和音（ディスコード）

1

「もう一回しゃぶってあげる。まだまだ出していいのよ」

香織は、梶原の太棹の根元を握り、亀頭（きとう）の裏側をたっぷり唾（つば）をつけた親指で擦り立てていた。亀頭の尖端にある噴き出し口からは、ついいましがたも、ちょろりと出たばかりだ。

テレビはつけっぱなしにしている。CNNのニュースが流れっぱなしだ。

「頼む、やめてくれ。もう一滴も出ないから」

梶原が顔を歪め、身体を捻って逃れようとしていた。ベッドの四隅に手足を繋（つな）いだ革のベルトがミシミシと音を立てた。ブロードウェイの劇場街の近くのアダルトショップで購入したものだが、なかなかしっかりした作りだ。

香織は赤いブラとショーツを着けたままだった。

「無駄な抵抗よ」

仰向けに寝かせたままの梶原に、香織は不敵に笑ってみせた。

半年前に中国系テロリスト集団に拉致され性的虐待を受けて以来、どうも自分は男に対して復讐心が強くなっている。

虐待されたのは尻穴だ。そこは初体験だった。しかも乾いたままの状態でガンガン抜き差しされたのだ。思い出しただけでもヒリヒリとした痛みが蘇ってくる。

この恨み、はらさずにいられるか。

任務になるとどうしてもその気持ちが強くなる。女の尻の恨みは、男のキンタマに返すしかない。そうではないか。

「あら、無理やりでも絞ってみせるわ」

香織は、梶原の睾丸を握った。ぎゅっと握りつぶす。

尖端からちょろりと精汁が漏れた。

「やめろキンタマはポンプじゃねぇんだ。精子は無尽蔵に出るもんじゃねぇ」

梶原の全身からはすでに精気が失せていた。

　ポルノ映像の撮影のため、梶原は昨夜からED治療薬を食らわされていたが、今朝がた、香織はさらに一錠飲ませた。

　無理やり勃起させ何度も扱いてやる。梶原はすでに三度も射精していた。

「まだまだよ」

　すぐに次の射精に向けて手筒を上下させた。吹き溢した精汁をそのまま潤滑油に使って扱いてやった。最初はよく滑ったが、精汁は女のまん汁同様、即乾性があることがわかった。滑りが悪くなり皮が引っかかるので、両手にハンドクリームを塗って、交互に摩擦した。

「やめてくれえ」

　悦ばせる気はないので、強弱をつけずに猛烈に扱いた。無理やり吐き出させる。また元気よく飛び出した。精子の量はどんどん減っている。

　二十秒後、また擦り始めると、梶原は、それまでと違った呻き声をあげ、手足を突っ張らせた。

　無視して、亀頭の裏側を親指で執拗に擦った。出るまで擦る。

「あうっ」

　銃弾でも浴びたような声をあげ、梶原は射精した。

もう飛ばなかった。チューブを最後の最後まで絞ったときのクリームのようににゅるりと出た。ほんのわずかだった。

「もう出ない。勘弁してくれ」

顔を歪め、そう懇願されたが、容赦はしなかった。

吐き出される精子が微量になったので、香織はここからフェラチオに変えた。

「出ない、出ないから」

と泣く梶原の肉茎を、根元から尖端までベロ舐めし、三分以上もかかったが、噴火させた。

スマホで東京の路子にも、そのときの音声を送った。聴取中のサインのつもりだったが、伝わっただろうか。

「さぁ、まだまだしゃぶるわよ」

噴火した後は、数分だけ萎縮していても、根元を押さえてキンタマを軽く握ってやったりすると、すっと棹が伸びることがわかった。

「だめだ、くすぐったくて、死にそうだ」

梶原が懸命に腰を引いている。

「干からびて死んじゃうって本当にあるみたいよ。そこまでやるの」

香織は眼を吊り上げた。

「ひっ」

梶原の顔が凍りつく。

香織はかまわず、かぽっと肉茎を咥えた。唇に張り出した太い筋が当たる。涎（よだれ）を塗（まぶ）しながら、上下させた。

「あうっ、おおっ、無理だ。出ねぇ」

梶原の顔に恐怖の色が浮かぶ。

ちょっと発情した。ショーツの股布（クロッチ）がねっとり濡れてきた。自分自身、驚いた。こんな加虐の性癖があるなどとは知らなかったからだ。

肉棹を舐めしゃぶりながら、梶原の右太腿を股で挟んだ。女の平べったい部分を擦りつける。

任務の遂行のため半分、性的興奮が半分になってきた。濡れた股布を擦りつけられ、梶原の眼に、ほんのわずかに精気が蘇った。

「くはっ、はうぅ」

「花形祐輔の狙いを教えて。久遠寺貴子とは単なる恋愛沙汰ではないでしょう」

猛烈に腰を振りながら訊いた。

黒須機関独自の尋問方法だ。

「くはっ。それは記事にするんだ。喋れるか……うっ、まじチ×ポが苦しい……」

梶原は、香織の口から棹を抜こうと、尻を激しく揺すった。股間が擦れて、香織はどんどん淫気を催してきた。汗も滲みだす。

いったん口と身体を離して、ブラもショーツも脱いだ。陰毛は剃ってある。パイパンだ。

「挿入するな。腹が痛い。これ以上擦られたらおかしくなっちまう」

梶原は腰を激しく揺すった。射精しすぎると、男は腹痛とかを起こすのだろうか。

自分は、尻穴に挿入されて射精されたのだ。内臓にまで沁みたような気分だった。かまうものか。

「擦りまくってやるわ」

意思を失くした肉茎の根元を押さえて、香織は腰を下ろした。ぬぽっと音がして、愛液まみれの膣層が太い棹を包み込んでいく。騎乗位で擦り立てている。

「あっ」

小さく呻いてしまった。

張り出した鰓が膣層を抉って気持ちいい。

逆に梶原は大声で喚いた。

「おわぁあああ。むりだぁ。むりだぁ。吐きそうだ」

射精に要するエネルギーは約二百メートルの全力疾走に匹敵するという。すでに体力の回復を待たずに四回の全力疾走を強いられた梶原は、息も絶え絶えになっていた。

「花形のバックは芸能界だけじゃないんだ」

「どういうこと？」

腰を跳ね上げながら訊いた。自然に膣袋が窄まった。棹がぴったり柔肉にくっついて気持ちいい。

「締めるなっ。永井エージェンシーだ……永井エージェンシーが操っている」

梶原がゲボゲボと口から泡を吹きあげた。射精しすぎて、内臓に異変をきたしたようだ。

「永井雅治会長が、現在の芸能界を仕切っているのは知っているわ。けれど花形を使って何をしようというの。丸久商事から資金を引っ張ろうって魂胆？」

丸久グループを金主にしようというのだろうか。あるいはそこから財界に手を伸ばす。

「そんなありきたりのことじゃない。永井の後ろに、さらに政界の黒幕が控えている。丸久グループを食い物にしようとしている一派を束ねている。あうっ」

訊いているうちに昂奮して、自然に膣が窄まった。

梶原の口から胃液がこぼれてきた。ほんのわずかだ。精子が漏れたのに似ている。

「誰よ。民自党の元総理一派？」

「ち、ちがう。とにかく少し休ませてくれ」

梶原は呼吸を乱しながら言った。ちょっとヤバいかもしれない。心臓麻痺（まひ）はありえる。ここで死んだら、腹上死の逆パターンになってしまう。腹下死。それはまずい。

香織はじっとしていた。自分で自分の乳首を弄った。何かしらの刺激は欲しかった。

「だったら、元幹事長？」

「それも違うんだ。与党じゃないんだ」

意外だった。

「ひょっとして労働党？」

公安刑事として立場上訊いた。

「まったく違う」

「立共党が？」

「どこの党とかそういうんじゃないんだ。まだ取材中だが、ある黒幕が動いているのは間違いない。永田町（ながたちょう）、霞が関（かすみせき）、左右の過激派、財界、すべてに精通している男だ」

「名前を言って」

「まだ言えない。もう少しだけ、俺に取材させてくれ。花形を追い詰めて、確証を得たいんだ」

「その取材、私と一緒にするなら……」

香織は膣壺を締めた。

「うっ」

梶原が顔を強張(こわば)らせた。

「あんたいったい大使館の何者なんだよ。深入りするとヤバいことになるぞ。締めるな、あぁ……発情していないんだ。膣で擦られても苦しいだけだ」

悲痛な視線を向けてくる。

ちょっとカチンときた。女が騎乗位で、上下運動してやっているのに、発情していないとは、いくら何でも非礼ではないか。

発情されても困るのだが、挿(い)れているのに苦しいだけとは、頭にくる。

「政治家の名前言いなさいよ。言わないとこうするわよ」

香織は、蟹股(がにまた)の体勢で猛烈に股間を上下させた。棹の上半分を肉壺に挟んで徹底的に摩擦した。

「わわわわぁああ」

梶原が眼を剝き、口から泡を吹いた。

「政界と芸能界が組んで、何をしようというの！」

ドスンと尻を落とし、今度は棹の全長を飲み込み、根元から胴部、亀頭と順に締めた。

波のように脈々と膣壁を締めていく。

「んんんんんっ。はっ、出る」

梶原が腰を強く打ち返してきて、すぐにがくんと顎を引いた。

亀頭の先から空気が飛んできたような気がした。

空うち。梶原はそのまま気絶した。

「あら」

香織はやりすぎたと後悔した。

ゆっくり膣から棹を抜いた。勃起は続いている。結局、眺めながら自慰をした。クリトリスを弄りまわして、三十秒ほどで、昇天した。

テレビのニュースが、昨年の秋に結婚した日本一の名家のお嬢様のニューヨークでの暮らしを伝えている。

この国に王室はない。

そして報道の自由の国だ。

忖度する必要のないパパラッチどもが、このカップルをすでに追い掛け回している。危険な状態である。

警視庁の刑事としては、心が痛い。

「けれども、どうにもならないな……英国の元お妃のような事件にならなければいいが」

香織はテレビに向かって呟いた。

とりあえず、一回眠ろう。

起きたら、梶原と共に、花形祐輔と久遠寺貴子を監視する。おのずと答えは出るはずだ。

2

六本木のメインストリートからクラクションの音や酔客同士の罵声が聞こえている。この街の日常的な雑音だが、沢田幸雄は、非日常の渦中にいた。

「本当ですよ。元総理夫人と寝るまで、あと一息だったんです」

沢田は、震える唇で叫んだ。眼に大粒の涙が浮かび、星空が滲んで見えた。六本木のビルの屋上だ。丁寧なことに、屋上のフェンスの一部が切り取られている。

足裏はそこに向いていた。

「芸能界は結果だけだっつうの。てめえ、まだわかってねぇな」

帝王の側近の男の声がする。低く唸るような声だ。永井エージェンシー武闘派のトップ、田宮秀則の声だ。

昨年中に、元総理夫人を籠絡できなかったばっかりに、年末番組で歌っている最中に、半グレの『将軍連合』に拉致された。テレビ局は、永井エージェンシーの手先だと知ったとたんに、あれは、ドッキリと連動した演出だなどと発表したという。

業界の前帝王、藤堂景樹、女帝、エリー坂本が相次いで他界。今や、この芸能界で、永井に逆らえる者はいない。

「ですから、もう一回だけチャンスを。頼みますよ。今度はしくじらないですから」

「出たションベンは戻らねえ。なまじ、裏を知っている人間は生かしておけねえんだよ」

沢田は裸で滑車付きの板の上に全裸で括りつけられていた。映画の撮影でカメラを載せる、畳一畳ほどの板の台車だ。

その台車を田宮に蹴とばされた。ずるっと、自分の身体がビルの縁へ向かって滑り出す。

「わぁあああああああ。止めてくれ、止めてくれ！」

六本木の夜空に、飛び出しそうだ。

ビシッ。

滑車の頭部につけられたロープが伸び切ったようで、沢田の踵が飛び出す寸前で止まった。

「あうっ」

死んだと思った。まだ、心臓が爆発しそうなほど、バクバクと鼓動している。

「おめぇ、誰のおかげで有名になったと思っているんだ。俺らが、せっせとテレビに出したからじゃねえか。あぁ」

田宮の不敵な声がする。

「おっしゃる通りです。有名にさせてくれたのは、皆さんです」

沢田は、専門学校時代に、歌舞伎町のボーイズクラブでバイトをしていた。そこに、永井エージェンシーの系列事務所のモデルたちが来ていた。

その中のひとり、淳子という女と関係を持った。色恋営業などするつもりはなかったが、酔った弾みでそうなった。淳子は同じビルにあったホストクラブの常連でもあった。

客を『取った、取られた』の、ありがちないざこざに発展し、沢田はホスト五人からリンチにあった。そのとき淳子が仲裁に連れて来たのが、この田宮だった。

どういうわけかタレントとしてスカウトされた。ただし、有名にしてもらう代わりに、裏稼業にも手を貸すことになった。

ホストの延長のような仕事である。的にかける相手が、政財界人の妻や娘だ。

タレントとしての品位を保つための資金も提供されたが、これは借金とされた。

永井や田宮の言うミッションに沿って働くと、それは帳消しになる仕組みだ。永井の力は凄かった。あっと言う間にドラマやバラエティの仕事が決まり、歌手デビューも決まり、沢田幸雄は有名人の仲間入りとなった。

有名になってからは、ひたすら命じられる著名人やその家族の女性たちを狙った。女と寝ては、動画を隠し撮るのだ。

流出すれば自分のタレント生命もまずいが、相手も相当まずいだろうということはわかってやっていた。

それらの動画はすべて永井エージェンシーで管理されている。

働かされているのは、沢田だけではない。

先輩格の花形祐輔をはじめ、水商売や半グレの下っ端だった者も多い。

沢田は、元総理夫人への工作を命じられて以来、二年がかりで接近し、あと一押しでベッドまで行ける状態までこぎつけた。それが昨年の夏だ。

だが、思わぬライバルが現れた。ジャッキー事務所の看板、平野慎吾(ひらのしんご)だ。松濤(しょうとう)の有名レストランでの夫人主催の食事会に行ったところ、たまたま別なグループにあいつがいたのだ。

アメリカ人のグループだった。米国大使館の女性書記官と来日中のハリウッド映画界の大物プロデューサーたちだったようだ。

夫人は浮気性だ。すぐに平野にちょっかいをだした。

が、平野は、駐日米国大使館の女性書記官と腕を組んで出て行ってしまった。その後も、夫人のことは、袖にしているという。

たいした男だ。

袖にされればされるほど、熱くなるのが夫人だった。

いつの間にか、沢田には声がかからなくなった。巻き返しの作戦を練っている間に年末が来てしまったというわけだ。

「簡単に突き落としたんじゃ、こっちとしてもおもしろくねぇ。もっと怖い目に遭わせてやるよ。おら、空だけ見ていろ」

田宮が吠え、今度は真横でブルンと風を切る音がする。ゴルフクラブを振っているような音だ。

沢田は総身を震わせた。

胸と腰に回された縄が肌に食い込んだが、その程度の痛みはどうでもよかった。

これから何をされる？

その恐怖の方が強かった。

「さすが、プロゴルファーのヘッドスピードは速えな。アイアンだったら、チ×ポも切れるだろう。なぁ」

側近が誰かに話している。衣擦れの音がした。

「いやっ、そんなところ触られたら、力が入らなくなります。あっ」

女の声がした。

「って、瑠理子、ぐちょぐちょじゃねぇか」

瑠理子って、誰だよ？　女子プロゴルファーか？　何されている。

沢田の脳内で、妄想が膨らんだ。股間の逸物がすっと勃つ。

「田宮ぁ。瑠理子にサンドウェッジを持たせたらどうだ。その方が股も開くし、肉の切れ味もいいだろう」

沢田の頭の後方から掠(かす)れた声がした。まさしく闇の底からの声だ。
芸能界の新帝王、永井雅治。そのひとの声だ。コンクリートの床をステッキで叩きなが
ら言っている。
「帝王！か、勘弁してください。俺の演技力とこの棹は、まだまだ使い物になります
よ。ここで、切っちまったら、もったいないっすよ。帝王！」
沢田の眼から、どっと涙が溢れ出た。鼻水も一緒に流れる。美形と謳(うた)われた彫りの深い
顔がぐしゃぐしゃになった。
恐怖で、自然に溢(あふ)れてしまう。恥辱(ちじょく)だが、涙も鼻水も止めようがなかった。
「沢田、おめえはどれだけ大事なミッションを担っていたか、てんで、わかっていねぇ
な」
帝王の声が闇に響いた。
「帝王が強請(ゆすり)を入れるための、トラップかと」
沢田は、涙ながらにこたえた。
「ただの、強請じゃねえんだよ。あの男が、隠然と民自党の権力者でいる限り親米路線は
変わらない。与党の中に、親中路線を切り開かねぇことには、俺の利権が定まらねぇん
だ。おめぇがうまくやったらよ、大河ドラマの主役でも決めてやったのにな」

「帝王、何とかもう一度だけチャンスを」

沢田は号泣した。

「役者の涙なんて、誰が信用する。それに元総理夫人がジャッキーの平野にご執心なら、平野に女刺客を送るさ。間接操作だ」

側近がせせら笑った。つづけて女の方に言う。

「帝王が、サンドウェッジだと仰っている」

「あっ、はい」

ガタゴトと金属が触れ合う音がした。キャディバッグから一本抜きとったようだ。

「かなり深いバンカーで、ボールが目玉になっているときのように、ガバッと足を開いて腰を落とせよ」

田宮がそんなことを言っている。

「ひっ」

沢田は声を詰まらせた。勃起した肉茎の根元にクラブのソールが添えられたのだ。陰毛の真上だった。悲鳴も出ない。代わりに尿を噴き上げそうだ。

「てめぇは、空だけを見ていりゃいいんだ。星に向かってソーセージが飛んでいくからよ」

田宮の声が冷徹に響いた。

「あひゃっ、指、入れないで。あぁあああ」

ぬちゃぬちゃと、卑猥な肉擦れ音が漏れてくる。

沢田の頭の方で、芸能界の新帝王、永井雅治の声が再びした。

「体の真ん中の穴に芯が通ったら、ブレねぇだろう。瑠理子、スパッと切れや。そしたら、お前の命は救ってやる。澳門（マカオ）にも売り飛ばさねぇよ」

「ホントですか。あっ、はうっ。田宮さん、こね回さないで……」

女の乱れた声がした。

「やめてくれっ、助けてくれよ。なんでもするから、チ×ポは切らないでくれ！」

すっと、クラブが上がった。

沢田の顔前まであがって、止まる。銀色のヘッドがネオンに反射し光った。

切られる！

そのときヘッドが揺れた。

「いやっ、指を回転させないで……」

シャフトも揺れている。これでは、どこに降り下ろされてくるかわからない。

「うわぁあああ。切るならひと思いにやってくれぇ」

泣きわめくと同時に、小便を噴き上げていた。

「あっ、やだ、こんな顔射！」

女ゴルファーが身を引いた。クラブが揺れて、肉茎の脇を抜けた。空振りだった。

「くっ。俺まであぶねぇところだった」

田宮も一歩後退していた。

「沢田。おめぇ、まだ芸能人として、多少は持っているようだな。この世界はナンボ努力してもダメな奴はダメだ。ツキがねぇとな……」

ぬっと背中で影が動いた。デッキチェアを撥ね除ける音がする。

「は、はいっ。まだ、力になれることはあると思います。カネも稼げるかと……」

沢田は涙と鼻水と小便に塗れながら、精一杯声を振り絞った。

「もう一回チャンスをやる。だがよ。失敗したら確実に死ぬがな……」

永井が、沢田の横にやってきて、顔を覗き込んできた。

好々爺のような穏やかな顔だ。この顔のときが、一番怖い。

「自分はいま死んだようなものです。チャンスを貰ったら、今度こそは確実に仕留めます」

沢田は懇願した。

「まぁよ。俺らは、チ×コを詰めるぐらいで、殺しまではやらねぇけどよ。次の相手は、気に入られなかっただけで、口から手榴弾を入れてくるような女だぜ」

帝王、永井が顎を扱きながら言っている。

「やります。どんな相手でも落としてみせます」

すると帝王は、女ゴルファーに向き直った。

「瑠理子、田宮と帰っていいぞ。当面、田宮の下で、言われたことをやれ。その間、返済は延期してやる」

「あの、花形さんは、もう日本に戻らないんですか？」

上擦った声で言っている。

「戻って来るさ。挙式は日本でやる。でっけぇ興行だからな、日本でやってもらわねぇと困る」

「そうですか。結婚しちゃうんですか」

落胆の声だ。この女は、花形に食われたようだ。

「まぁ、憂さを晴らす意味でも、思い切り素振りしろや」

「はい」

ビュンと風を切り裂く音がしたと思ったら、沢田を乗せた滑車がぐらりと揺れた。

「おわっ」

吐いた。

ロープがサンドウェッジで断ち切られたのだ。同時に永井が、台車の縁を蹴っている。

幸い緩くだった。

夜空に噴いた灰色の吐瀉物が、顔に落ちてくる。涙、鼻水、小便に続いて、ゲロだ。この様子を撮影されているに違いない。

これを世間に暴露されただけで、タレント生命は終わる。

台車の縁、沢田のコメカミのあたりに、永井雅治の革靴の尖端が乗せられていた。もうひと蹴りされたら、真っ裸のまま六本木のメインストリートに落下することになる。

またもやちょろちょろと小便が漏れ出した。

田宮と女性ゴルファーが、引き揚げていく音がした。代わって、別な靴の音が近づいてきた。ふたり以上に聞こえる。

「社長、ご苦労様です。先生の秘書とCの代理人をお連れしました」

沢田の聞き覚えのある声だ。ルーレットレコードの宣伝課長、平尾だ。平尾はルーレットの課長であるが、もとは永井エージェンシーのマネジャー。武闘派の田宮に対して知性派のトップと呼ばれていた。

永井エージェンシーは、表部隊をつかさどる知性派と、裏仕事を引き受ける武闘派に分かれている。それが、強みだ。知性派はいずれも国立大学や一流私大を出た者たちで、頭脳明晰なだけではなく、同級生や先輩、後輩が各界に散らばっている。

これがすべて永井のために生きているのだ。

「これは、これは、深澤先生のところの秘書さんですな。わざわざ寒空の中に申し訳ない」

深澤？　秘書？　沢田にはさっぱりわからない。

「とんでもないです。永井社長には、私など頭が上がりませんよ。今年の参議員選挙にも、多くの著名人の擁立をしていただき、深澤も感謝しております」

「あぁ、民自党からだけではなく、立共党や東京威勢の会などにばらけさせておいた。政界全体に、芸能人が増えた方がいいからな」

「はい、その方が、深澤の真意もオブラートに包まれます」

「わかっておる。能ある鷹は爪を隠すだ。親中的な世論を作り上げる印象操作が、たやすくバレたら困るだろう」

ふたりの声が風に千切れて飛んでくる。

「はい」

秘書が同意し、もうひとりの誰かに声をかけた。

「契約書と現金は」

「ここに持ってきている。問題ない。しかし、この男、大丈夫か？」

髪の毛を七三にきちんと分けた痩せた男が、沢田の顔を覗き込んできた。

「ぐしゃぐしゃになっておるが大丈夫だ。そっちできっちり台本を用意すれば、こいつは死ぬ気で演技し、どうにかするだろう」

「わかりました。お約束通り日本円で五億、用意してきました」

ネイティブな日本語とはやや違っていた。中国人か？

「契約書をくれ」

沢田の顔の上で、永井の手に一枚の紙が渡された。

平尾が沢田に近づいてきて、沢田の上半身の縄が解かれた。ボールペンを渡される。

「丸で囲んであるところにサインをしろ。それでお前の命は、延びる」

「はい」

紙とボールペンを受け取った。英語と中国語で書かれた二枚だった。

「これはどんな契約書で？」

サインの拒否などできないが、沢田はいちおう訊いた。夜風に、契約書がひらひらと揺れる。

「香港の『レッド・ハリウッド』との契約書だ。契約金はうちが受け取るが、かの地での生活は映画会社がきちんと面倒をみる。待望の海外進出だ、喜べ」

平尾が淡々と言った。

「芝居の内容は？」

「北の将軍様の妹を籠絡することさ。香港で訓練後、平壌（ピョンヤン）の中国大使館に送られることになる。段取りはすべて北京の国家安全部の精鋭たちがやってくれる。お前は、パーティーの席上で色香をふりまくだけでいい。『喜び組男隊』の外国人メンバーに抜擢されることを祈る。頑張れよ」

「げっ」

ほぼ死を意味する。

「北京もね、北のカリアゲデブには手を焼いているね。おなじデブでも、我が国の方は中華饅頭風で愛嬌があるわね。政治センスも違う。あの国は中国の影響下に置いとかないとね」

中国人らしい男が言った。日本語は娼婦を通じて学んだのだろう。女言葉だ。

平尾が契約書を中国人に渡そうとした。永井が待ったをかけ、政治家の秘書らしい男に向き直った。

「深澤先生は、本当に日中安全保障条約まで、持っていく気なんだよな？」

夜気を鋭い言葉が切り裂いた。

「もちろんです。そのために、政界の色を密かに塗り替えようとしています。戦後七十七年間、米国圏にあったこの国を中国圏に変えるのです。そのために永井さんの力を借りている。なによりも国民の中国アレルギーを改めたい」

秘書がきっぱりと言った。

「うむ。わしも、この国は地政学的に中国圏に属したほうが、自然な成り行きだと思っている。我が国の芸能界も上海、香港の映画界と合体して、世界進出を目指すべきだろう。ハリウッド俳優がいつまでものさばっていては、アジア人の役者は添え物でしかない」

「はい。アジア主体のエンタテイメント市場を創出する。それが深澤の真意でもあります。エンタテイメントは、政治や経済以上に、人心を動かす。世界の中心となるには、日本と中国が手を組むべきです」

「わかった。俺の目の黒いうちに、この国の大河ドラマで『三国志』を実現してみせるさ」

「それは頼もしい。北京も、永井さんに絶大な信用を置いております。まずはエンタテイメントの拡大」

中国人が言った。

「永井エージェンシーが香港アイドルをデビューさせよう。次に澳門（マカオ）、上海と続ける。日本の若者を熱狂させるユニットをつくる」

「ソフトは、お任せします。資金はレッド・ハリウッドを通じて」

中国人は深々とお辞儀した。

沢田は、そんな会話をぼんやり聞いていた。

天下国家の話は、どうでもいい。

俺はどうやって生き延びる？

それしか頭になかった。

3

冬の海風が肌に痛かった。

台場のリハーサルスタジオ『ウォールーム』の前で路子たちは、タクシーを降りた。

「凄いネーミングですね」

路子はスタジオの看板を眺めながら言った。

低層のスタジオの向こう側に、巨大なキンタマのような球体展望室をぶら下げたテレビ局が見える。

「リハーサルはもちろん、レッスンそのものが、アイドルたちにとっては戦場だからな」

伊能がゴールドのＩＤカードを入口の脇のセンサーに翳(かざ)すと、自然にドアが開いた。

路子もすでに渡されている社員専用ＩＤカードだ。

南青山の自社ビルもこのカードですべてのゲートを操作する。

入口だけではない。

部門別のオフィスや会議室に入る際にもこのカードが必要になる。

またビル内にもところどころにゲートがある。役員フロアやスタジオ、アーティストルーム、音源保管室のあるフロアだ。

ただし、社員ならば誰でもカードを示すとゲートは開く。

要するにそのたびに、誰がそのフロアに入ったか記録しているということだ。セキュリティに関して相当神経を使っていることは確かだ。

伊能がロビー中央にある円形カウンターに進み、ホテルのコンシェルジュのような格好をした受付嬢に、

「Vスタだ」

円形カウンターの背後にある螺旋階段で二階へ上がる。

通路の最奥にあるVスタジオに入ると、青山通り39が総勢二十名で踊っていた。全員、テレビでは見せたことのないレオタード姿だ。様々な色だ。

汗とコロンの混じった匂いと爆音に顔を顰めたくなる。曲は『ヘイ・マックス』。昨年の夏に大ヒットしたナンバーだ。

メンバーたちが、いくつかの隊列に分かれて、それぞれ別な動きで踊っている。正面から見るとあるひとつのテーマが浮かび上がってくる。

個々の隊列の動きは単純な繰り返しだが、全体で見ると大きなうねりに見える。

フォーメーションで見せる振り付けだった。

そのダイナミックさに圧倒される。

センターは中島奈央。

実際に歌ってはいないが、音とリップシンクさせながら、切れのあるダンスを見せていた。正面の鏡に映る自分に挑むような視線だ。

なるほど生で見るとわかるのだが、中島奈央は他の十九人とは圧倒的にオーラの出力が違っていた。

眩しいのだ。

ただ一人、息切れもしていない。

曲が終わると同時にメンバーのうち五人ぐらいが、座り込んで荒い息を吐いていた。

中島奈央は、ハンドタオルで額の汗を拭っただけで、鏡に向かってさらにステップを踏み、腰を振っている。ヒップの切れ味をなんども確認している様子だ。

「ミイナ。テレビサイズバージョンでそんなへたり込んでどうするのよ。コンサートではイントロが三十秒、間奏が三分増えるのよ」

振付師らしい四十代の女性が一列目で座り込んでいるメンバーのひとりに声を荒らげた。

「あれが宇垣ミイナだ」

路子の横で、伊能が顎をしゃくった。

小柄で目つきの悪い女だった。伊能と路子を認めると、突然、作り笑いして、会釈した。路子の一番嫌いなタイプの女に属する。

「伊能さんが、CMにタイアップをつけようとしている曲を歌う子ですね」

「そう。急にソロデビューってことになったから、メディア班としてもカッコつけないとまずいわけよ。で、北河マリア先生も躍起にならざるを得ないと……」

有名な振付師のようだ。

「ええ〜『ヘイ・マックス』そんなにロングバージョンになるんですか」

へたり込んでいる別な子が大げさに肩を竦めた。

「佳奈子、昨夜、別なことに腰を使いすぎたんじゃない。バテるの早すぎ！」

振付師が人差し指を突き上げた。

「あれは松原佳奈子だ。『御堂筋エイト』からコンバートされてきたばかりだ」

「やだぁ。佳奈子、Ｊのジュニアとか、こっそり食ったんじゃないのぉ」

最後列でバスタオルで頭を拭いていた大柄なメンバーが、はやし立てるように言った。

最後列にいるが、路子でも顔を知っている子だ。

歌番組出演の際には目立たないポジションにいるが、バラエティでは超売れている冴島由香だ。

どちらも中島奈央と同じ、永井エージェンシーだ。

「やってへん、やってへん。選抜になってから、私、男断ちしているもの。でもマリア先生、凄いな。私、ゆうべは、五回ぐらいひとりエッチしたから、腰が弱っています。なんで、わかるんですか？」

松原佳奈子がレオタードの上から股間を擦った。割れ筋がくっきり浮かんでいる。

「凄い会話ですね。ファンが聞いたら幻滅じゃないですか？」

路子は大げさに眼を丸くしてみせた。

「女性アイドルユニットは、女子高、女子大のようなものだ。ファンの眼のないところでは、本音が出る。あれがありのままの姿だ。男のアイドルたちだって楽屋では猥談しているだろう。芸能人がテレビやステージで見せる姿は、すべて虚像だよ。ファンだってそんなことはわかっている」

伊能がメンバー全体を見渡しながら言った。

「ファンはわかっているんですか？」

路子には解せなかった。

男性アイドルを追う女性ファンもそうだが、女性アイドルを追う男性ファンはもっと純情なのではないか。

「プロレスファンが、試合は演出されていると知って声援を送っているのと同じだ。本気で流血の殴り合いをしていたら、身体がもつわけないというのも、楽屋では対戦相手と笑顔で語り合っているのも、重々知っている。台本を予測しながら見るのも、また醍醐味なのさ」

「そういうものですか」

「がっかりしたか？」

伊能に顔を覗き込まれた。

うすうす気がついてはいたものの、アイドルたちの素顔を見て、愕然としたのは事実だ。

「はい」

と頷いた。

「だろう。だから、わかっている相手にも、バラしちゃいけないんだ。客は夢を見るために代金を払っているんだからな」

伊能の眼が尖る。

「なるほど、腑に落ちました。私の前職と似ていますね」

路子は元キャバ嬢として答えた。

「たぶん、その辺が採用された理由だろう」

伊能が薄ら笑いを浮かべた。

「五分休憩！　みんなエロい頭を冷やしなさい」

振付師の北河マリアが宣言した。

「はーい」

メンバーたちがトイレやシャワールームへと駆け出していく。

宇垣ミイナと松原佳奈子、それに冴島由香の三人が一番最初に飛び出していった。

「オナニータイムだ」

伊能がぼそっと言った。

「はい？」

「若いタレントの集中力が欠け始めたときは、オナニーさせるのが一番いい。一回モヤッとした気持ちをスッキリさせる。永井エージェンシーは、そういう教育をしている。正式メンバーになったら、基本的に恋愛はご法度（はっと）だ。ファンはうすうす感づいて、自分の推しが、他の男といちゃついている報道は見たくないものだ」

「それとオナニーがどんな関係があるんですか？」

路子は聞いた。

オナニーという部分だけ、声を潜（ひそ）めた。

「性欲は普通に湧き上がるものだ。禁止しても、男との接点がゼロにできるわけじゃない。だからな、恋愛禁止、男と接するのも充分警戒をなどとばかり言っていると、彼女らもストレスが溜まる。それで、ことあるごとにオナニーさせるわけだ。指で一発、昇るとスッキリする。帝王、永井雅治の持論だ」

伊能がこっちを見た。そうだろ？　と同意を求める眼だ。

「そうですね。ひとりで、クルクルッと、やっちゃうのがいいですね」

路子は指を回した。この場合そう答えるしかないだろう。

数人のメンバーはスタジオに残っている。

オナニーの必要がないのだろう。

中島奈央もその中にいた。

4

「奈央、ちょっと」

伊能が声をかけた。彼女は笑顔でやって来た。

「メディア班に新たに入った寺澤路子だ。俺と一緒に担当するので、よろしくな。ツアー初日の公開取材は彼女が仕切り役をやる。頼むな」

伊能が路子を紹介した。

「初めまして」

先に奈央に頭を下げられた。

「こちらこそ、よろしくお願いします」

路子はでき立ての名刺を取り出そうとした。すると伊能に手で制された。

「この業界では、タレントには名刺は渡さないんだ。仕事の話はすべてマネジャーを通す。マネジャーの許可なくダイレクトに打ち合わせはしない。そういうしきたりだから」

それは知らなかった。

「申し訳ありませんでした」

路子は名刺を引っ込めた。十歳下の奈央に思わず敬語をつかってしまう。そうさせてしまうオーラが奈央にはある。

「平気です。CM撮影のときなんか、クライアントの方たちが、十人ぐらい列をなして、おひとりずつ名刺を差し出してくれるんです。会社勤めの方たちって、挨拶するときは、必ず名刺からなんですよね。私たちは、握手なんですけど」

奈央が微笑しながらフォローしてくれた。

「そうしたケースで受け取った名刺はどうするんですか？」

興味本位で聞いてみた。

「一枚残らずマネジャーに渡します。私たちも、マネジャーに直接交渉を疑われたくないんです」

奈央は軽く肩を竦めてみせる。

──置屋の芸者のようだ。

そう感じた。

「ということで、あとは田宮さんといろいろ打ち合わせするから、とにかく寺澤をよろしく。新人プロモーターにわざと嫌がらせをするような根性の悪いメンバーもいるから、奈央、フォローよろしく頼むよ」

伊能が軽く奈央の肩を叩く。伊能はそういうことを頼んでもよい立場だということだ。

「うちに、そんな意地の悪いメンバーなんていないないですよ」

奈央が顔の前で手のひらを振る。

「いるいる、いっぱい、いる」

そう言いながら、伊能は出口へと向かった。路子は続いた。

「歌や踊りだけじゃなく、本当にマナーもいい子ですね」

通路に出たところで奈央を持ち上げておく。

「超一流になる子はそこが違うんだ」

伊能はそう言うが、路子はある種の違和感を持った。

完璧すぎて、得体の知れない不気味さを感じた。ＣＭ現場での話などは、どこかシニカルさも混じっている。

刑事の尋問をはぐらかすのがうまい容疑者に似ていなくもない。

「マネジャーさんはどちらに？」

伊能の背中に聞く。がっしりとした背中だ。

「一階の応接室だ。このリハスタの様子をモニターで見ている。新入社員を挨拶に連れて行くと伝えてあるから、お前さんのことも観察していただろう」

螺旋階段に向かいながら伊能が教えてくれた。

「何で教えてくれなかったんですか」

「俺が、寺澤に事前にチーフマネジャーがモニターで見ているぞ、と教えたか、そうしなかったか。そこもチェックの対象になっている」

「怖いですね」

「マネジャーなんだ。怖くなかったら、タレントを護れないだろうよ」

伊能が当たり前のように言う。

言われてみればその通りで、マネジャーはボディガードでもなければならない。

人を護ることの基本、それは威嚇だ。

警視庁のＳＰが鋭い眼つきで周囲を見渡し、いつでも拳銃が抜けるように常に前のボタンを開けているのもそのよい例だ。

　常に人前に立つタレントのマネジャーは、怖い存在でなければならないのかも知れない。

　路子たちが螺旋階段の前までやって来たときだ。

「佳奈子、いま、私のまんちょ、スマホで撮ったでしょ。こっち寄越しなよ。叩き割ってやる」

　真横のトイレの前で、甲高い声が上がった。冴島由香だった。

「なにゆうてん。個室の鍵もかけへんで、女芽を擦るのに夢中になっとったから、記念に撮ってやったんや。だいたいあんたに、Ｊのジュニアを食ったとか言われたくないわ」

　松原佳奈子が大阪弁でまくし立てている。ふたりともレオタードの股布が少しずれていた。

「鍵はかけていたわよ。あんたが蹴って壊したんじゃん。そもそもあんたは、大阪の準キーでレギュラーを取ればいいのよ。東京を荒らさないでよ」

　由香が佳奈子のスマホに手を伸ばした。

　佳奈子がその手を払いのける。

「事務所の方針やからしょうないわ。冴島由香のトークもそろそろあきられたんとちゃう?」

それを聞いた由香の顔は真っ赤だ。いきなり佳奈子のマロンブラウンの髪の毛を摑んだ。

「しょうもな」

伊能が吐き捨てるように言い、階段を降りていく。路子は気になった。

「あの……」

「レコード会社はタレントの個々の問題には口を挟まない。ましてやどっちも永井エージェンシーだ。いまにそれぞれの現場マネジャーが飛んでくる。まかせりゃいい」

伊能は、どんどん降りていってしまった。

仕方がないので、路子も階段の方へ向かう。

えっ。

ドスンと佳奈子の身体がぶつかって来た。路子と佳奈子がもつれ合って床に転がる。

そこに由香の右脚が飛んでくる。ダンスシューズだ。佳奈子がすっと回転して逃げる。

ダンスレッスンのときとは違う素早さだ。

爪先(つまさき)がそのまま路子の腹に向かってきた。

見切っていた。その気になれば、うつ伏せになって躱(かわ)せる。

だが、路子はほんの少しだけ腰を捻った。

「わっ、痛てっ」

由香の爪先は、路子のスラックスのベルトを突いた。黒革のぶ厚いベルトだ。

一旦逃げた佳奈子が、由香の脚を払う。

「あぅ！」

バランスを崩した由香が路子の真上に落ちて来る。

曲げた肘が、路子の顔面を向いていた。これは受けたくない。

素早く身体を捻る。くるっと回転して階段側に逃げる。落ちるギリギリのラインで止まった。

「いやぁあああ」

由香の肘が固い床に激突して、大きな音を立てている。骨は折れないまでも罅（ひび）は入っただろう。

由香が路子の隣に倒れ込んできた。路子の方が階段側だ。

「死んじゃえよ、由香！」

佳奈子が床に尻をつけ、両足で由香の側面を押す。

押し出された路子の身体が階段に転げ落ちた。鉄の階段だ。

「うっ」

本能的に身体を丸めた。首から上と足首を守る。できるだけ尻たぶで衝撃を吸収しようと努めた。

五段ほど落ちた。螺旋階段だったことが幸いした。最初のカーブで踏みとどまれた。見上げると由香の身体は、落ちるギリのラインでとどまっていた。

「大丈夫なの？」

上半身を起こしながらふたりに声をかけた。

由香と佳奈子の両方の視線が路子に注いでいた。ふたりとも吊り上がった眼をしている。

「佳奈子と由香、おまえら何をやっている」

ふたりの現場マネジャーが、リハーサルスタジオから飛び出してきた。

遅くないか？

おかしい。なにかが、どこかがおかしい。

そう思いながら、起き上がり、身体に付いた埃を払った。腰骨がわずかに痛む。

すぐに伊能に追いつき、一階の応接室に入った。

「こちらが永井エージェンシーの田宮秀則さんだ。会長の右腕」

伊能が紹介してくれた。

「新入社員の寺澤路子です」

ソファに座ったままの田宮は四十代後半のようだ。

黒髪にグリスをたっぷり塗ってオールバックで固めている。瘦身の身体をブリティッシュブルーにピンストライプのスリーピースで包んでいる。それに銀縁眼鏡だ。

一世代前の業界人のいかがわしさを纏った男だ。

週刊誌やネット記事で『NのT氏』として数々の逸話が伝わる男か。じっくり観察させてもらう。逸話の八割が武勇伝。残り二割が艶聞だ。

「あんたさ。あの場合、由香の肘から逃げたらだめだろ！　顔でもその中途半端にデカいバストででも受け止めろよ。プロモーターなんて、他に何人でもいるんだ。タレントはひとりしかいねぇだろ。あぁ」

いきなり永井エージェンシーのチーフマネジャーに怒鳴り飛ばされた。応接室には五台のモニターが置かれており、スタジオだけではなく、廊下や階段なども映し出されていた。

「すみません。怖さが先に走ってしまいました」

路子は深々と頭を下げた。

これもテストだったのか?

そうだとしたらリスクの大きすぎるテストだ。冴島由香は骨に鯖が入り、来週からスタートする『青山通り39ツアー』には参加できまい。

「申し訳ありません。自分が止めに入ればよかったです」

伊能も直立不動で頭を下げている。

「これ高くつくよな。わかってんだろ?」

田宮はいきなりネゴを仕掛けてきたようだ。

「はい。どのような形で埋め合わせをいたしましょうか」

伊能もあっさり受ける。

「取材協力費、五分二十万だ。うちの事務所のメンバー三人分で六十万。取材時間は?」

「正味は十五分かと。質問は三問と決めていますので」

「タクシーじゃねえんだから正味時間じゃない。楽屋を出てから戻ってくるまでの所要時間。ハイヤー換算だ」

田宮はその細い眉毛を吊り上げた。

「トータルでは三十分かかる見込みです」

「なら、三百六十万だ」

「承知しました。取材協力費の請求書をお願いします」

「あとは、由香の怪我については大々的にやってくれ。スポーツ紙、女性誌、ワイドショー。今回、ツアーがキャンセルになった事情をどこか一局で独占で出せよ。泣きのプロモーションだ」

「はい」

伊能はこれも受けている。

田宮は満足そうに笑みを浮かべ、ようやく路子に視線を移した。

「寺澤っていったっけ？」

「はい」

「あんたさ、武術かなんかやってんだろ？」

いきなり突っ込まれた。

「いえ、まったくです」

「ほぉ？　そのわりには動きが素早かったな」

「いいえ、ただただ怖くて、夢中だっただけです」

路子は冷静に演技した。

「へえ～」

田宮が路子の足元から額まで、順に視線を這わせた。顎を扱いている。こいつは要注意だ。

「本当に申し訳ありませんでした。私がクッションになっていれば……スタッフはタレントの砦であることが、よくわかっていませんでした」

「まぁ、いいや。それで、伊能さ。宇垣ミイナはどうしろと？」

田宮が話の方向を変えた。

「ソロデビューに際して、田宮さんのほうでブッキングをお願いできないかと。もちろんプロモーション印税はお支払いします。二パーセントです」

伊能が即答した。通常の作詞、作曲、歌唱印税の他に、別途に印税を発生させるということだ。

印税については事前にジャッキー事務所の坂本からオリエンテーションを受けていた。そもそも著作権印税とは、作詞家、作曲家、歌唱者で分け合うのだが、音楽業界には他に様々な印税が存在する。

原盤権、出版権。

この他に、特別ルール的なプロモート印税がある。宣伝活動に協力した個人、会社に一定率で利益を配分するのだ。

　著作権ではない印税。売り上げの分配を受ける権利である。活字の出版業界にはないシステムである。

「五パーセントだろ」

「いや、僕の一存では三パーまでです」

　ディールに入った。

「ふん、で初回出荷（イニシャル）は？」

　音楽業界では初回出荷をイニシャルと呼ぶ。プレスの八十五パーセント出荷と見るのが通常だという。

「CDは十万です。うち八万が握手会での手売りですよ」

　CDはもはや握手会への参加チケットの役割しかしていないということだ。

「三パーセントの二十万枚分まで、先払いしてもらう。ミニマムギャランティ（MG）だと思えと」

　ネゴの応酬だ。

「到底、回収（リクープ）できない数字になります」

　伊能が渋い表情になった。立ったままだ。

「そんなのは、わかっている」

田宮は脚を組み替えて、続けた。

「宇垣ミイナは、そっちの直轄だろ。CDや音源で儲けなくても、曲が売れたら、即単独ツアーだ。個人のグッズも売れる。ルーレット・グループとしては収益は上がる」

ミイナはルー・エンタープライズの所属。グループ企業だ。

「あくまでもルーレットレコードが主力会社です。最初に投資するのもレコード会社からですので」

伊能も粘っている。

「音楽業界では、レコード会社が銀行的な役割を果たすのは常識だ。リクープポイントを超えたら、CDは、金貨をプレスしているのと同じになりダウンロードという空気のようなものも金に換わる。当たり前だろう。俺も永井の代わりに喋っている。わかるか？」

田宮が片眉を吊り上げた。

「僕と田宮さんでは、完全に貫目（かんめ）で負けています。ですが、自分も会長の正宗（まさむね）の代理としてここに来ております。ご理解を」

ルーレットレコードの創業者にして会長の正宗勝男（かつお）。伊能はついにその名前を出した。

田宮が口をへの字に曲げた。

「三パーセントで十五万枚分の先払い。無理なら、この話はナシだ」

「ご用意できる番組は？　当社もＣＭにねじ込む段取りまでできています、発売日前後に、相応の番組が欲しいです」

　伊能が鋭く切り込んでいく。田宮がローテーブルに置いてあったタブレットを取り上げた。タップしてスケジュール表らしきものを取り出している。

「三月は期末特番で歌番組の放送日は減っているが、東日テレビの『ベストベスト』、テレビファイブの『Ｍファイト』、ＶＢＳの『ザ・コンサート』この三本は三月ＯＡ(オンエア)で確保する。後は、四月の期首(きしゅ)特番にどれだけ突っ込めるかだ。保証はできんが、うちのバーター力を信じてもらうしかねぇ」

　それだけ言うとタブレットを閉じた。

　永井エージェンシーは本体と系列プロを含めるとスター級の役者や歌手、芸人を、三十人ほど抱えている芸能プロだ。

　その大物たちのスケジュールと交換(バーター)で、新人をぶち込んでいくという、わかりやすい手口だ。

　ザ・芸能界。

　その呼称が田宮にはぴったり当てはまった。

「承知しました。それで決めましょう。契約書を三日以内に御社の管理部にお届けします」

伊能が言うと、

「おう」

田宮が膝を叩いた。

ディールの決着だ。

「では、今日はこれで失礼します」

伊能は再び深く礼をした。

「正宗会長に、よろしくな」

田宮が片手だけ上げて、含み笑いをした。すぐにモニターの一台に向き直り、リモコンを操作して通路での乱闘シーンをプレイバックしている。

路子は背中に冷たい汗を流しながら応接室を出た。

「完璧にやられたな」

キンタマがぶら下がっているテレビ局の前まで歩いてきて、タクシーに乗り込むなり、伊能が言った。

「私のせいですみません」

「いや、あれは仕込みだよ。佳奈子と由香は、俺たちが出てくるタイミングを見計らって喧嘩の演技をしたのさ」

　やはり、と思ったが路子は、眼を丸くしてみせた。

「まさか」

「まさか、と思わせるところまで殺陣が完璧だった」

「どういうことですか？」

「乱闘の振りを付けたのは、北河マリア先生だろう。依頼したのは田宮。休憩を入れるタイミングも絶妙だった」

「えー、なんのためですか？」

　路子は訊いた。

「おまえさんのテストだ。タレント同士を乱闘させて、新入社員がどういう態度を取るか、見物する。無視しても、割って入っても、いずれも難癖をつける用意をしていたはずだ」

　伊能は前を向いたまま言っている。

「ですが、それはタレントさんにリスクがありすぎませんか？　冴島さんは怪我までしたんですよ」

「あの場面で、寺澤が避け切ったのは、想定外だったろう。シミュレーションでは、肘打ちは決まっていたはずだ」

「そんな……」

どう受け取っていいのやら判断が難しい。

「どのみち、由香はツアーに出る気はなかったのさ。田宮や佳奈子、それに振付師も一緒になって絵を描いていたんだろうよ。もっと軽い怪我でな」

タクシーは、レインボーブリッジの下側の一般道を走った。海の向こうに、芝浦埠頭(しばうらふとう)が見えてくる。

蒲鉾(かまぼこ)型の倉庫が並んでいた。

「どうして、出たくないんですか？　ツアーは『青山通り39』のメイン活動でしょう」

「そうだが、メンバーによっては、考えが違う。冴島由香は、すでに峠を越えている。そしてセンターを張る中島奈央に勝てないことも知っている」

「でもトークではナンバーワンじゃないですか」

「たしかに、コンサートではトークやコント的なコーナーもあるので、そこでは目立てる。だが由香にとってそこは、もういいんだよ。先々のことを考えて本格派女優を目指したいところだろう。そのためには、バラエティへの出演すらも邪魔になる」

伊能が遠くを見ながら言った。

低い雲が張り出してきている。スッキリしない空だ。

「なぜですか？」

芸能人の考えはいまひとつわからない。

「役者というのは、できるだけ素の部分が見えない方がいい。どんな役でもこなすには、演技力も大事だが、プロデューサーや演出家に先入観を抱かせないことも重要になる。いつもテレビに出ているよりも、ここ一番で大きな役がもらえるようになった方が、役者としては将来が見えてくる。由香はもうそこへ行こうとしているんだ。さっきの乱闘もその腕試しだよ」

「えっ。では、松原佳奈子もそういう気持ちだってことですか？」

「いや、佳奈子は違う。冴島由香の後釜狙いだ。関西で、そこそこ人気が出て来たので、東京進出となった。田宮さんがそうしたのだろう」

「なるほど」

「わかったか？」

「はい。松原佳奈子は、冴島由香とまったく被らないトーク技術の持ち主だからです。関西弁だし……」

「そういうことだよ。田宮も由香もしたたかだ。本格女優に手を伸ばしつつも、戻ってこれる場は残しておきたいってことさ。佳奈子ならバラエティでいくら頑張られてもライバルにはならない」

「そういうことなんですね」

タクシーは芝浦から徐々に汐留(しおどめ)方面へと入って行く。

「で、田宮さんは、あのふたりに、俺たちに難癖をつける芝居をやらせた。それもタレント性を見極めるオーディションのつもりだったのだろう。だが田宮さんは、それ以上の収穫を得たのかも知れない」

伊能が路子の方を向いた。じっと眼を見つめられた。刑事のような視線だ。

「それ以上とは、どういうことですか？　伊能さん、そんなに見ないでください。怖いですよ」

路子は、何らかの疑惑をかけられたと思いつつも、穏やかに伝えた。ルーレットレコードの内情を早めに調べておいた方がよさそうだ。

「まぁいい。俺は、ちょいと雷通に寄っていく」

「夜は西麻布ですよね？」

芸能界の最深部へ踏み込めるチャンスだ。

「いや、寺澤は今夜はナシでいい。事前に根回しをしてから同行させる。いまみたいに、何かのはずみで付け込まれることもあるからな」

伊能が咳ばらいをした。

「残念です。接客が一番の特技なのですが」

「数日以内に、あらためてチャンスをつくるさ。芸能界は『段取り八分』と言われる世界だ。さっきは俺が迂闊すぎた。乱闘まで体験させてしまったので、今日はあがっていい」

「明日は？」

「社内で、プレスリリースの作成をしてくれ。デスク業務も仕事のうちだ」

「そっちはまるで苦手です。なにせ、ちゃんとした企業に勤めるのは初めてですから」

「デスク勤務の及川真理に、俺から連絡しておく。いくつかサンプルがあるから、それをテンプレートにすればいい。それと、これまでの宣伝企画書や会議資料のファイルも見ておいた方がいい。そう、明日は一日、社内業務を覚えたらいい。俺は一日出ている」

「局回りですか？」

「まぁ、いろいろだ。夜の会合次第で、次の日の予定が決まることもあるからな」

伊能が意味ありげに笑う。

「わかりました」

新橋駅付近で、伊能はタクシーを止めた。このまま乗って帰ってよいとチケットを置いて行った。

路子は演出家の田中に電話した。

レコード会社のデスクワークについては、まだオリエンテーションを受けていない。一夜漬けでも予習しておいた方がいいに決まっている。

第五章　赤い芸能界

1

マンハッタン。黄昏時(たそがれどき)だ。

セントラルパークの西側からハドソン川まで、南北では西五十九丁目から西百十丁目の間の地区がアッパーウエストサイドと呼ばれる高級住宅街エリアだ。

すぐ近くにフォーダム大学ロースクールがある。

アイビーリーグ以外の大学の名など、ほとんど知らなかった日本人にも、いまや有名になった大学だ。マンハッタンで働く弁護士には、この大学の卒業生も多くいる。特に企業弁護士に多い。

谷村香織と梶原俊市は、コロンブス通り五十九丁目の三十一階建て高級アパートを見上げていた。

アールデコ調のエントランスからは歩道に屋根が伸びている。

雨の日にタクシーから降りても、濡れずに館内に入れる仕組みだ。玄関前で両手を後ろに組んで立っているドアマンの表情にも威厳がある。

高級アパートのドアマンは、すべての居住者の顔を知っていることを義務付けられており、見知らぬ訪問者には必ず声をかける。訪問先の居住者に確認の電話を入れることは間違いない。

2LDKで月百万円が相場の家賃には、そのセキュリティの厳重さも入っているわけだ。

「二十四階の角部屋よね」

香織は助手席の窓越しに、一眼レフカメラを構えた。

メタリックブルーのフォード・エクスプローラー。ブルックリンのハーツで借りた、いかついSUV車だ。

「北側の角だぜ」

運転席の梶原は、エントランスを凝視している。いつ花形祐輔と久遠寺貴子が出てくるか知れなかった。

「夕食はほぼ毎日、外に行く。ホテルのレストランが多い」

約二週間の定点観測の経験から言っている。

「お嬢様は、料理は苦手なのかしら」

角部屋を眺めながら聞く。人影が見えるわけではない。灯りを確認しているのだ。

「いや、帰りにホールフーズに寄って、ふたりで仲良く食品を購入している。夫婦気どりだ。そのへんの写真も撮ってあるさ」

ホールフーズは、オーガニック食品を多く扱っている高級スーパーだ。このアパートからは目と鼻の先だ。

「花形君もやるわね。白金の邸宅では、家事はすべて家政婦さん任せのお嬢様も、逆に新鮮なのよね。お料理することとか。ねぇ、それだけで、結構なスクープになるんじゃないの？」

「恋愛沙汰ではなく、この場合、犯罪を暴きたい。ここで花形の手口を暴露しても、お嬢様が否定するだけさ。この一件、もっと奥がある」

自分が拉致されたことで、梶原は、背後の闇がより深いことに気づいたらしい。だが、その核心はまだ香織にも教えてくれない。

「あら、灯りが消えたけど……」

「その場合、セックスするか出かけるかどっちかだと思う」

梶原が、顎を扱きながら、いつでもスタートできるようにエンジンをかけた。

「出かけると踏んだのね」

「セックスには中途半端な時間だ。腹が減ってくる頃じゃないか」

「あら、黄昏時の、ちょっとお腹がすいたぐらいの時間のエッチっていいと思う。なんかまったりして……うちらも、またやる？」

香織は片手で双眼鏡を持ったまま、もう一方の手で、梶原のホワイトジーンズの股間をなぞった。

「勘弁してくれよ。俺は、もう生涯分の精子を放出してしまった。脳から性欲という欲が消えてしまった。あんた、得意の自慰でもしていろよ」

梶原は不機嫌そうに、バックミラーを覗いた。

黄昏の街のあちこちでクラクションが鳴り響いていた。

ニューヨーカーはせっかちで自己主張が強い。ちょっとしたことでも、やたらクラクションを鳴らす。

一日中、車中で張り込みをしていると、クラクションの音の多彩さにも驚かされる。

エコノミーカーはトランペット。タクシーはアルトサックス。バスやトラックはトロンボーンのような長い響きを放つ。

時折、シンバルやバスドラムも聞こえる。車同士がクラッシュした音だ。怒鳴り合いはラップのようにテンポが速い。

この喧騒は、摩天楼と並ぶマンハッタンのシンボルなのだ。

「セックスはしないのね……」

香織は、双眼鏡を膝の上に下ろした。

「しねぇよ。挿入を思い出しただけで吐き気がする」

梶原はバックミラーを見たままだ。

「そうじゃなくて、ふたりが出て来たみたい」

「えっ」

梶原もエントランスを見やった。

黒のオーバーコートにハットを被った花形。マスクも黒だ。日本の元財務大臣のようだ。その横に、ライトブルーのコートに白のショールを巻いた久遠寺貴子。ノーブルな印象だ。ふたりを見かけて、ドアマンが急いで車道に飛び出した。

手を上げ路上に待機していたリムジンを呼ぶ。黒のキャデラックのエスカレード。大型SUV車だ。ミッドタウンを向いている。

せた。

ふたりが乗り込むのを見極め、梶原は対向車線に駐めていたフォードをゆっくり前進させた。

一旦、北へ向かう形になったが、百メートルほど走行した時点で、対向車線の車が途切れた。梶原はすぐにUターンした。タイヤの軋む音が耳を劈き、後方から来た車が二台、トランペットのような音を奏でる。

香織は振り返り、リアウィンドーに向かって、手を振った。後続車への謝罪だ。

と、同じようにUターンをする車がいた。

日本車。トヨタのプリウスだ。色は白。ドライバーの顔はよく見えない。

「さっきから、この車の二台後ろにいた車だ。これで尾行されていることもはっきりした」

梶原がバックミラーを覗きながら呟いた。

「教えてよね！」

「いまは、前のふたりを追うことの方が重要だ」

花形と貴子を乗せた大型キャデラックとこのフォードの間にすでに、十台ぐらいの車がいた。

「追い切れる？」

「マンハッタンはそれほど広くはない。ミッドタウンのどこかのホテルへ行くことは間違いないから、大丈夫だ」

キャデラックの黒い背中ははっきり見えていた。悠然と南下していく。

パークアベニューに入り、五十丁目と四十九丁目の間で、キャデラックは速度を落とした。クラシックなホテルの前で止まる。

パークアベニューに面したホテルだ。星条旗が翻（ひるがえ）っていた。

2

「おいおい、ウォルドルフかよ。まいった」

「たしかにこれはまいったわね。ジーンズじゃ入れないわ」

リムジンが止まったのは、ウォルドルフ＝アストリア。超高級ホテルがひしめくミッドタウンにあっても、最上級の格式を誇る名門ホテルだ。

ヒルトングループの中核にして、ヒルトンの名を冠していない。各国のＶＩＰたちの滞在するホテルで、かつてはホワイトハウスのニューヨーク別館とまで言われたホテルだ。

ジーンズで入れないわけではないが、レストランは拒否される可能性もあり、ロビーでも逆に目立つ。そんなホテルだ。

梶原はパークアベニューに車を停めたまま、ふたりが降りるのを見守った。

後部扉の前に立つドアマンに導かれ、最初に貴子が降りた。ノーブルな雰囲気があたりを明るくする。続いて花形が降りた。

花形は背筋を伸ばし、右手で軽くハットをあげて、ドアマンに笑みを浮かべた。その仕草が、やたらサマになっている。

「あらっ」

アパートを出てきたときの印象は、胡散臭い日本のチンピラといった感じだったが、ウォルドルフ＝アストリアの正面に立つ花形祐輔は、欧州の貴族然としていた。成り上がりのニューヨーク・セレブなどよりも、気品が漂っている。

「役者だなぁ」

香織は思わずそう呟いた。

「だから、久遠寺家の人たちも騙されたのさ。花形は、今回は本業以上の役作りをしている。命を賭けての演技だと俺は踏んでいるんだ」

梶原が不機嫌な声で言う。

「そりゃ久遠寺貴子と結婚したら、この先の人生がまったく違ってくるものね。浮草稼業の芸能人よりも名門家の婿になった方が安泰というものだわ。丸久グループが映画会社でも作ってくれたら、そこの代表に収まることもできるし」

貴子の父久遠寺正一郎は、近い将来丸久グループの総帥を約束されている人物だ。昔風に言えば逆玉の輿。

すでに人気に陰りが見え始めた花形が、それを考えないわけがない。

「いや、花形はそこまで知恵の回る男じゃない。花形をうまく使って、映画会社以上のものをつくらせようという黒幕がいるのさ。花形は操られて、役に徹しているだけだ。プロデューサーも演出家も別にいる」

「だから、それが誰なのか教えてよ」

香織は梶原の股間に手を伸ばした。亀頭のあたりを、人差し指できつく押す。

「よせ、もう粉もふかねぇ。っていうか、ウォルドルフなんて、すげえホテルに入ったってことは、いよいよ、ふたりは今夜誰かと会うんだと思う。その相手次第で、俺の勘が当たっているかどうか見当がつく」

梶原は奥歯にものが挟まったような言い方だ。

「これまでは、ずっとふたりだけの食事だったの？」

梶原の肉根を摩りながら訊いた。性欲が失せた男の男根をもてあそぶのは、案外楽しい。女として腕を磨くチャンスだ。

「俺が張っていた三日は、すべて夕食はどこかのホテルのメインダイニングでしていた。ヒルトン、シェラトン、マリオットなんかだ。常にふたりきりだ……あんまり触るな」

梶原が腰を引いた。

花形と貴子はホテルの中に消えた。黒のキャデラック・エスカレードがスローモーションの映像のように車寄せから離れていった。

「すべてブロードウェイの劇場街に近いホテルね。ビッグネームばかりだけど」

ついでに手のひらを伸ばして、タマもあやしてやる。すっと肉根が固まったような気がする。

「ビッグネームだが、ある意味通俗的なホテルばかりだ。ツアーバッジをつけた観光客も多い。ウォルドルフにはそんな客はまずいない。俺が思うに、花形は、その手のホテルで、テーブル作法を何度も確認していたんじゃないかと思う。周囲の常連客たちの仕草をやたら見つめていたし、貴子に何か確認していたものな」

「ふさわしいパートナーになるための役作りってことね」

右手でタマを転がし、左手の人差し指で、肉根を撫でた。

ホワイトジーンズの上に、肉根の形が鮮明になる。性欲はそんなに簡単に消滅するものではない。

「そう思うと、最初に貴子を待っていたホテルが、ウォルドルフに次いで格式が高いインターコンチネンタルだったことも頷ける。場の雰囲気に慣れるようにとティールームにでもいたのだろう」

欧米は階級社会だ。それは日本人の想像以上に歴然としている。

ホテルも客を選ぶ。

そこにふさわしい人であることが大切なのだ。

「貴子さんが、お父様に気に入られるように指導していたんじゃないの」

梶原のファスナーを下ろしてやる。トランクスの前口から濃紫色の亀頭が覗いていた。

カチンコチンになっている。

香織は人差し指を一回しゃぶり、唾をたっぷりつけて亀頭の裏側に這わせた。さりげなく背後を見ると、プリウスも三台ほど後ろに停車していた。この車を監視しているのはもはや明確だ。

「こんなところで、なんてことしやがる」

勃起しているくせに梶原が怒鳴り声を上げた。

「やっぱり大きくなっているじゃない」

ウォルドルフの車寄せにぞくぞくとリムジンが到着している。黄色のタクシーも来るが、黒のリムジンが圧倒的に多い。

「やめろよ」

「セレブを見ながら手扱きって滅多に体験できないわよ」

からかいたくてしようがない。

「おい、日本の経産省の役人が来たぞ。丸久商事と広告代理店の雷通のニューヨーク駐在員が一緒だ。俺が狙いを付けていた相手だ」

たったいま車寄せに着いたリムジンから三人の日本人らしき男たちが、中に入ろうとしていた。

「なんですって」

香織は手を引っ込めた。勃起がビクンビクンと揺れている。

「俺は全員、顔を知っている。西麻布の会員制バーに出没している連中だよ、それも永井雅治の息のかかった店ばかりだ……やつらが花形たちと会うんじゃないのか?」

梶原が声を震わせている。

「私、確認してくる。格好なんか気にしていられないわ。ロビーにドレスコードがあるわけじゃないでしょう」

香織はフォードの扉を開け飛び出した。

駆け足でウォルドルフのエントランスへと向かう。

入口自体は大きくはない。豪華というよりも瀟洒な趣だ。

かつて多くの著名人がここに住み、またホワイトハウスの別館と呼ばれたほどのホテルだけあって、気品がある。

赤と白の手編みのセーターにベージュのチノパンだったが、ドアマンに止められることはなかった。

エントランスに飛び込むとその先は階段になっていた。天井には巨大なシャンデリア。息を切らせて上り切ると、眼の前にロビーが広がった。

太い柱がいくつもある荘厳な雰囲気のロビーだ。

アイゼンハワー元大統領やダグラス・マッカーサー元帥が一時は自邸にしていた名門ホテルのロビー。マフィアのラッキー・ルチアーノや女優エリザベス・テイラーも住人であった。

それらのセレブたちも歩いたであろう、床を踏む。

ロビーの中央で視線を一周させた。

いた！

花形と貴子を囲むように、先ほどの男たちが立っている。全員、揃えたように黒のカシミヤのオーバーコート。中央に立つ白髪に銀縁眼鏡の男が経産省の官僚のようだ。

他のふたりはいずれも四十代。どちらかが商社マンでもうひとりが広告代理店マンだが、香織には区別がつかなかった。

五人の前にコンシェルジュが近づき、誘導した。

レストランの前に進んだ。そこで、ふたりの紳士が待っていた。濃紺のスーツに真っ赤なネクタイ。顔はアジア系に見える。

「ニイハオ」

紳士のひとりが片手を上げて、花形と貴子に微笑んだ。

「こんばんは」

花形が答える。

「今日は実りある商談になりそうだ」

商社か広告代理店か、どちらかわからないが大げさに相槌(あいづち)を打った。経産省の官僚は、悠然と構えている。

この先に予約もドレスコードも無視して踏み込むのは困難だった。

香織は踵を返した。

深追いは仇となる。

階段を飛び跳ねるようにして降り、パークアベニューへ戻った。

「お待ちどおさま。間違いないわ。三人は花形たちと合流した。しかも、中国人がふたり合流したわ」

フォード・エクスプローラーの助手席側のドアを開けた途端、梶原が喚いた。

「早く乗れ！」

勃起した陰茎を仕舞おうとしていたのだろうが、途中だったらしく、まだ亀頭だけ突き出ていた。

「なに？」

香織が首を傾げながら、乗り込もうとしたとたんに、三台後ろに停車していたプリウスが飛び出してきた。

香織を跳ね飛ばそうとする勢いだ。

「いやっ」

香織は急いで乗り込んだ。プリウスのフロントノーズから辛くも逃れる。

「くそ！」

梶原が路肩から車道にフォードの鼻先を出す。

が、通り過ぎたと思ったプリウスがすぐに、バックしてきた。バーンとバスドラムとシンバルが同時に鳴ったような音がする。クラッシュだ。フォードの左ライトが飛び散った。

「ふざけんな。どっちのボディが頑丈だと思ってんだ」

梶原は、ためらわずアクセルを踏み込んだ。プリウスを押し除(の)けるつもりのようだ。なかなかハードボイルドなジャーナリストだ。

ウォルドルフのドアマンは平然とその様子を見守っている。さすがはかつてラッキー・ルチアーノも住んでいたホテルだ。多少のいざこざには目もくれない。

梶原は、ギアをRとDに何度も入れ変え、プリウスに体当たりを繰り返す。だが、フォードの方がボンネットから白い煙を噴き上げ始めた。

どういうことだ？

「こいつは、バックして後ろの車を潰した方が早いな」

梶原がRシフトにして、思いきりアクセルを踏み込む。背中が一気に下がり、プリウスのリアハッチが見えた。

捲れたボディの内側から鋼板(こうはん)が覗いていた。どうやら装甲車並みの防備をした特殊仕様車のようだ。

バシーン。ドラムセットが倒れるような音がした。

フォードの真後ろにいたオレンジ色のフィアット・チンクエチェントの、運転席と助手席が潰れていた。

界隈のカフェでお茶を楽しんでいるか、ショッピングに夢中になっているセレブの娘あたりの車であろう。

香織はポケットから素早く黄色の正方形付箋を取り出し、ペンを走らせた。

『保険金の請求はハーツへ。あなたを自宅まで送るロードサービスも加入しています』

フォードのナンバーも併せて書き込んだ。

「これを、潰れたかぼちゃみたいな車のルーフに貼っておいて」

梶原に差し出す。

「了解」

フォードはどうにか車道に出ることができた。哀れな姿のフィアットと並ぶ。

そこに眼の前のプリウスがバックを仕掛けてきた。激突されたら、こっちが潰されそうだ。

「くそったれめが」

梶原はバックし対向車線へと飛び出した。

「いやぁあ」

正面からダッジのイエローキャブがクラクションを鳴らしながら突っ込んで来る。セダンタイプのオーソドックスなイエローキャブだ。どでかいフロントノーズが迫って来る。

香織は眼を瞑った。自慢のバストが潰されるかと、両手で覆った。

あちこちで車同士がクラッシュする派手な音が上がる。

通りが爆撃されているような轟音だ。

大変な状況だが、こんなときでも梶原のパンツから飛び出している濃紫色の亀頭が気になってしようがない。チラ見する。フロントガラスが割れて、亀頭に刺さったら可哀そうだ。可哀そうと思うのは、亀頭であって、梶原ではない。

「切り抜けられそうだ」

梶原がイエローキャブのフロントと接触する寸前に、さらに再び元の車線へとステアリングを切った。

プリウスの前に飛び込む。

「たいした腕だわ」

亀頭を見ながら言った。

「だてに追っかけ取材をしているわけじゃない。芸能事務所の手先の半グレとのカーチェイスで慣れている」

梶原は、パークアベニューからブロードウェイに入る。四十二丁目。ミッドタウンのど真ん中だ。

プリウスも追って来た。四人乗っていた。周囲の車に罵声（ばせい）を浴びせられても、逆に体当たりを食らわせながら、一台ずつ追い抜いて来た。ボディを分厚くしているぶん、他の車には負けていなかった。

「単なる威嚇じゃなさそうね。マジで私たちをやる気よ。これはいったいどういうことなの？」

香織は梶原に亀頭に再び手を伸ばしながら訊いた。擦りたいわけじゃない。摑まる何かが欲しかった。

「どういうこともなにも、すべてチャイナロビーだ」

梶原もフォードのアクセルとブレーキを巧みに操りながら、前方の車を追い越して行く。徐々にイーストリバーサイドに寄っていく。

「チャイナロビー？」

男根をぎゅっと握りながら、声を上げた。握ると無意識に摩擦したくなる。擦った。

「出る！」

「粉もふかないんでしょ」

こんな会話をしている場合ではないのだ。プリウスは二台後ろにまで接近している。

「小便だ」

すぐに手を離した。

「チャイナロビーについて詳しく」

「戦後の日本にできたジャパンロビーに似ている。政界と財界の複合体で、チャイナ利権を確保しようとしている連中だ。二十年ぐらい前から、政治体制とは別に活発になった。ちっ、追ってきているのも、その手先だな。チャイナタウンのチンピラだ」

梶原が、バックミラーを覗きながら早口で言う。

「北京の諜報機関との繋がりは？」

公安（ハム）刑事としては、そこが一番知りたい。

「繋がりどころか、ズブズブだろう。そうでなければ、チャイナにおける利権はとれない。北京政府のプロパガンダに協力している」

「そこに花形や芸能界が関わっているということね」

これはジャッキー事務所のエリー坂本が、ジャパンロビーの一員として、親米印象工作に協力していたのと、裏返しではないか。

「その通りだ。共産主義国家の独裁イメージ払拭(ふっしょく)やアジア全体の利権確保のために、日本のメディアや商社を利用しようとしていると、俺は見ている」

フォードはリトルイタリー、チャイナタウンを越えてブルックリンへ向かっていた。ファースト・ストリートだ。

「丸久商事は親米派でしょう。総合商社だから、そりゃチャイナにも進出はしているけど」

「チャイナとしては、何とか丸久商事を、親米派から引きはがしたい。与党政権の中枢との深い関係も、なんとか断ち切りたいんだ。そこで次期総帥のひとり娘に眼をつけた。刺客が花形というわけさ」

「永井雅治が操っているというわけ？」

「永井はチャイナロビーの主要メンバーだ。中国進出を目論(もくろ)んでいる」

「少し見えてきたわ」

「花形は怯えているはずだ。仲間の沢田幸雄が拉致された。今頃は、香港の撮影所で訓練を受けさせられているはずだ」

その情報は、路子から受けている。香港映画への進出が決まったようだ。そういえば攫われたシーンを路子とテレビで一緒に観ていた。

「どういうこと？」

「諜報員としての訓練を受けさせられているに違いない。役者はもともとなりきりがうまい。沢田にしても、花形にしても、自分がのし上がるために、これまではジゴロとして女を食ってきた。それがこれからは男のハニトラ要員として使われるはずだ」

ブルックリン橋が見えてきた。

ネイビーブルーの空に星が浮かんでいる。ミッドタウンの摩天楼から離れたので、空が余計に大きく広がったように見える。プラネタリウムでも見ている気分だ。

「赤い諜報員として、日本に戻ってくるのね。そしてチャイナのよさをさりげなく語る。なるほどね」

印象操作にスターは最高の要員となる。

「いや、それは優等生だった場合だ。花形がこのままうまく久遠寺貴子とゴールし、彼女を使って丸久グループを動かせたら、そのケースになるだろう。褒美(ほうび)に香港や上海(シャンハイ)の大型映画だけではなく、ハリウッドもブッキングされるだろう。もちろん諜報員としてだがね」

「久遠寺貴子の伴侶としては国際的スターの方が便利でしょうしね」

ブルックリン橋を渡った。プリウスがとうとう真後ろに迫って来る。サイドウィンドーから出しているナイフが星明かりに反射して光った。

湾曲したナイフのようだ。

「それで沢田幸雄が優等生でなかった場合はどうなるの？」

「平壌の中国大使館あたりに放り込まれるだろう。目的は政権中枢の女性幹部と親しくなることだ。北京としても、なんとかあの国への影響力を保持したい。狂犬を飼っているようなもので、勝手に暴発されたら困るからな」

中国としてもアメリカと戦争を起こしたいわけではない。あくまでも二大国の片方として存在したいわけだ。

ただし、隣国である韓国と日本、それに台湾は中国陣営に引き入れたい。そのために百年の計を立てているという。

平気でそういう悠長(ゆうちょう)な計画を立てる国なのだ。

そして着実に、それを実行に移してくる。

そう言えばあのウォルドルフ＝アストリアホテルも、二〇一四年に中国企業が買収している。ヒルトングループが、百年の運営契約を結んでいるだけなのだ。

百年は長い。

現在生きている人間のほとんどが見ることができない未来だ。だから、自由主義陣営の経営者は契約書にサインしてしまう。

香港が英国から、澳門がポルトガルから返還されるまで一百年以上も待ったのが中国だ。百年ぐらいは、平気で待てるのだろう。

ウォルドルフ＝アストリアは子孫への素晴らしい遺産となる。

怖い話だ。

世界中のいたるところに紅いコインが置かれ、いずれそれが線によって結ばれるときが来る。

「沢田幸雄はいったいどんなナンパに失敗したの？」

「元総理夫人の籠絡に失敗した。芸能界の帝王、永井の陰謀が数年頓挫したことになる」

香織は頷いた。

それは危ないところだった。

「政界の黒幕は誰なの？　もう吐いてもいいんじゃない」

「聞いたらなるほどと思うさ……無所属でよくもここまで当選を重ねていると……その名前はな……」

梶原が、続けようとした瞬間、プリウスが運転席側の真横に出てきた。

フォードと並ぶ。ブルックリン橋のほぼ中央だ。

前方には鉛色のボンネットトラックが制限速度内で走行している。

こっちの速度は上げられない。

梶原が逆に減速しようとしたとき、いきなりプリウスに幅寄せされた。

「くそっ」

ガツンと側面を当てられる。

星空の下、フォードが弾き飛ばされた。香織もドアに身体をしとどにぶつけた。鉄の欄(らん)干(かん)にまで飛ばされる。

プリウスの助手席の窓が開き、銃身が伸びてくる。デザートイーグル。スタイリッシュで知られる拳銃だ。

梶原の横顔が引き攣(つ)った。咄嗟に急ブレーキを踏み、何かを言おうとする前に、オレンジ色の銃口炎(マズルフラッシュ)が上がった。

「ぐえっ」

フォードのサイドウィンドーが割れ、梶原の頭から血飛沫(ちしぶき)が上がった。梶原の靴底がブレーキペダルを踏んだままだったので、フォードは急停車した。

梶原の身体が、香織の方へと倒れ込んできた。

非情だが、香織はこれを押し返し、銃口への盾にする。

パン、パン。乾いた銃声と共に、梶原の身体が揺れた。男根ぐらいは仕舞っておいてやればよかった。

ごめんね。相棒。

車を借りたのは梶原だ。始末は、すべてはハーツレンタカーに任せたい。

香織は、助手席の扉を開けた。

プリウスから青龍刀を持った男が飛び出してくる。

欄干に乗った。

いざっ。

香織は真冬のイーストリバーへ飛び込んだ。

真冬のニューヨークのことだ。風に当たるだけで身体が凍てついた。皮膚に一気に霜が張り付くのではないかと思うほどだ。

身体が、猛スピードで落下していく。

飛び込み選手のようにひねりや回転を入れてみたかったが、そんな余裕もなくバンザイしたまま足から川面に突入した。

足の裏に激痛が走る。膝まで痛む。川面が鉄板のように固く感じられる。

つくづく頭から落ちなくてよかったと思う。衝撃で頭がもげ落ちていたかもしれない。十メートル以上の高さから、川や海に落下するときは、とにかく足からにすることだ。身体が一直線に水中に下がっていく。

ただちに体温が奪われ、気が遠くなりそうになる。気力を振り絞る。なんとしても生きて日本に帰らねばならない。

「痛たい！」

寒さと同時に身体のあちこちにいろんなものがぶつかってきた。

板切れや小石、頬に雑誌の紙片が張り付いたりもする。

川はプールではない。穏やかに流れる川面からは想像できないほどの漂流物が渦巻いているのだ。

闇の底を見る思いだ。

ひょっとして芸能界ってこんなところ？

そう思いながら、香織は徐々に身体を水平にし川面を目指した。息を止めていられる限界で、顔を出した。

思っていたよりもマンハッタンサイドに流されていた。ウォール街のほうだ。ブルックリン橋では、けたたましいサイレンの音に被って怒号が飛び交っていた。

とにかくいったん東京に戻ろう。香織は岸に向かって泳ぎながら、そう思った。

悪いわね、相棒。

橋の中央に停車したままのフォード・エクスプローラーを見上げながら、合掌する。

かえすがえすも、彼の亀頭はちゃんとズボンの中に仕舞っておいてやるべきだった。

3

「企画書のサンプル。あなたに転送しておいた。平尾課長と三井課長が練りに練った企画書よ。すでに社長も承諾した内容だから、ためになると思う。そこまできっちりしたことを書く必要はないけれど、参考にして」

メンズ風のストライプシャツに黒のタイトスカート姿の及川真理が両手を腰に当ててほほ笑んだ。

黒縁眼鏡をかけた女だ。

知的なキャリアOL風でもあり、AVに出てくるちょっとSっぽい痴女にも見える。黒ストッキングを穿いた足で、男の股間を揉むような役柄の女だ。

「ありがとうございます。勉強させてもらいます」

路子は、メールに添付されたファイルを開けた。

【マネタイズ企画。スポーツと音楽ライブのコラボ】

企画書のタイトルだ。

マネタイズ……路子のよく知らないビジネス用語だ。

まずはその言葉を検索した。

『無償サービスから、利益を上げる』

そもそも、ウェブサービスから始まったビジネスモデルのようであるが、要は無料で多くの人に知ってもらい、そこから関連的に利益を得ていく方法のようである。

なるほど平尾と三井の作成した企画書の趣旨も、無料の音楽イベントを起こして、そこからCD、グッズ、配信動画の販売に結び付けていこうというものである。

具体的にはこんな具合だ。

有名アーティストを集めて、フリーライブをやる。

フリーなので、収容人数分だけ観客は集まることになる。ただしフリーなのは入場料だけだ。そこへ入ると、グッズがいたるところに並べられている。しかも、日常とは異なった空間であり、スタッフたちの煽りも凄い。

客は贔屓(ひいき)のアーティストの名入りスポーツタオルを首からぶら下げていないと、自分だけが浮くような気分にさせられる。

　ＣＤなどいまさらだが、当日だけのスペシャルジャケットなどになっていると、記念品として購入してしまうのだ。

　そして帰りには、自分たちがたったいま見たライブの動画を、ほとんどの客が購入していく。帰ってから繰り返し見たいのだ。

　会場での撮影や録音は禁止となっている。発見されるとつまみ出されるだけではなく、警察を呼ばれたり、訴訟を起こされたりする。そこは厳格なのだ。

「なるほど、レコード会社は、いまやイベントを起こして、作品を売るようにしているんですね」

　路子は、斜め前の席でノートパソコンを広げている真理に伝えた。

「そう。まだ日本ではレコード会社がアーティストの専属契約を獲得しているから、こういうことができるのよ」

「欧米は違うんですか？」

「少なくともアメリカは違うわ。大物アーティストのほとんどがコンサート会社の所属。作品をつくるよりまず、ライブでどれだけ受けるかなのよ。全米ツアーを何本打てるのか。それがアーティストの価値の判断基準。ＣＤの売り上げ何十万枚とか、ビルボード一位獲得なんていうのは、すべて大昔の話よ。だから、音楽業界の中心は、作品を生み出すレコード会社ではなく、ライブを運営するコンサート会社に移行してしまったというわけ」

「作品よりも、ライブでのパフォーマンス」

路子は首を捻った。

「そう、多分スター性があるかどうかが、何よりも優先されるんだと思う。だから、コンサート会社がレコード会社を指名するのよ。日本とは真逆」

真理が、素人に諭すように丁寧に説明してくれた。路子としても理解できた。

「だから、ルーレットレコードは、自社がライブを開催することに力を注いでいるのですね」

「そういうこと。その企画書は、マネタイズをさらに拡大したもの。単純に音楽ライブだけじゃなく、スポーツとコラボしようというものよ」

真理が眼鏡のブリッジを上げた。

こちらの反応を窺っているようでもある。

「スポーツと……」

路子は、視線を企画書に落とした。

『ゴルフとオーガニックミュージックの融合は新しい……』そう書きだされている。

「ゴルフって、なかなか思いつかないですね」

路子は言った。

「そこよ。バスケットボールとヒップホップ。ボクシングとダンスミュージック。プロレスとヘビーメタル。ベースボールとポップミュージック。それらに親和性があるのは実証済みで、コラボの例もいくつかある。正宗会長は、前例があるのを嫌うのよ。『ルーレットは常に最新でなきゃならない』が口癖だから」

「それで、ゴルフとオーガニックミュージック……」

「そう、平尾さんがもっとも巨大な収容人数があると、ゴルフ場に眼をつけたのよ。苗場のロックフェスのようなものを、もっと関東近郊でやる。スタジアムや公園とかもやりつくした感があるからゴルフ場に眼をつけたの。芝生のイメージのジャンル。それが生楽器主体のオーガニックミュージック」

そう言うと真理は、デスクの上のコンパクトスピーカーを路子の方に向け、ノートパソコンをクリックした。

心地よいアコースティックギターの音が流れ出してくる。生ベースの音も響いてきた。緩い、いわゆるロハスミュージックだ。

「これまでのルーレットのイメージとだいぶ違いますね」

「ダンスミュージック、アイドル路線のルーレットというイメージを払拭したい思いが会長にはあるの。総合音楽商社になりたいというのが目標」

「制作会社ではなく、商社ですか」

　路子は訊き直した。

　ルーレットの創業者、正宗勝男といえば、ビジネスマンというより制作プロデューサーのイメージが強い。三十年前、当時の大手レコード会社が見向きもしなかったユーロ系のクラブミュージックを輸入。さらに日本向けクラブミュージックを制作した人物だからだ。

「プロデューサーだからこそ、市場のニーズに敏感なのよ。社長の音楽的原点はクラブ・シーン。パーティーであり踊りだけれども、そこをさらに探求すると、ダンスミュージックばかりではないということになる。特にこの二年間の新型コロナウイルスの蔓延(まんえん)は、世の中の空気を変えてしまったのというのが、会長の見解。『喧騒(けんそう)から静寂へ』が今後のルーレットの目指すもの。来週そのキャッチフレーズが大々的に告知されるわ。社員としてはちょっと混乱しちゃうけどね」

　いかにもクラブやパーティーが好きそうな真理が、身体をゆすって笑った。

いや、正宗会長は、きっちり時代を読んでいる。そして眼の付け所はさすがだ。路子はそう思った。

「ルーレットのこれまでの企業イメージがあるから『静寂へ』というフレーズが生きるのでは」

路子は真理の眼を見て言った。真理は肩を竦めた。

「寺澤さんもなにか、企画出してみたら。会長は新入社員の企画書を一番最初に読むのよ。思いつきでもいいから、なにかない？」

真理の眼がかすかに尖った。試されているのだと思った。

「相撲と民謡って、ルーレットのイメージぶち壊してしまいますかね？」

口から出まかせを言ってみた。

閃きなど、早々あるものではない。相撲好きだから言ってみただけだ。

「ある。きっとそれはある。老舗レコード会社が、最近演歌系アイドルで、そこそこ成功してるじゃん。ジャッキー事務所の裏をかくには、それが一番てっとり早いと、各社気がついたから。うちが演歌を飛び越えて、民謡へ飛んだら逆に新しい」

真理が親指を立てた。

「そうですか？」

路子は自信なさそうに顔を顰めた。演技ではない。心底、それは売れないと思う。

「私が、企画書の原案を打ってあげる。平尾課長には相談してみるけどいい？」

牝狐のような眼だった。

この女、平尾のイロだ。路子はそう直感した。

「お任せします」

「じゃあ、早速、原案を作ってみるわ」

真理がノートパソコンのキーボードを叩き始めた。ゴルフとオーガニックミュージックも、ひょっとしたら誰かのアイデアだったのかもしれない。

路子は、その企画書の先をどんどん読んだ。

ゴルフ場の買収計画まで示されていた。

【候補地＊①湘南ブルーカントリー倶楽部（神奈川）②鶴巻高原ゴルフクラブ（山梨）③坂和セブンツー倶楽部（埼玉）】

いずれも関東近郊のゴルフ場だ。

「地上げから始めるのですか？」

路子は思わず真理に訊いた。

「そう。ゴルフ場って、芝生が傷むとか、ゴルフをやらない人に入って欲しくないとか、メンバーがうるさかったりするでしょう。だから、ルーレットが買収して、自社運営にした方がいいんだって。うちは、クラブや飲食店も経営しているから、今後はゴルフ場やホテルにも手を出していくって」

真理が言った。そばにいた他の社員たちも『当然』とか『まずは地上げからでしょう』とか『直営のクラブを始めたときもそうだったものな』などと言っている。

「それぞれのゴルフ場のメンバーが、めんどくさくないですか?」

「企画書にあるコースはすべてパブリックよ。よく読んで」

「あっ、はい」

あわてて、各ゴルフ場の詳細を読んだ。

確かにいずれもメンバーシップではなかった。運営会社も三コースとも同じだ。

『㈱フルショット』

住所は、千代田区有楽町(ゆうらくちょう)×××。代表取締役　江波洋二郎(えなみようじろう)。

江波? 路子は首をかしげた。江波瑠理子と関係があるのではないか?

最後に備考とあった。

＊取得に関し、国際政策銀行から融資、ミツモト銀行への協力に関し、世田谷(せたがや)方面と折衝中。概(おおむ)ね順調。(平尾　直接交渉)

世田谷方面？

「あの、この備考はどういう意味なのでしょう」

訊くなり、真理が唇に人差し指を立てて、こちら側に歩いて来た。長いテーブルなので、少し間があった。

「ごめん、ごめん。私、平尾さんのオリジナルを送信しちゃった」

路子の耳元でそう囁くと、勝手にパソコンを操作し、削除してしまった。

「あれっ……えっ」

路子は戸惑いの声を発した。これは何か裏がある。けれどすぐに態度には出すまい。

「この削除を復元しようなんてしないことね。すぐに私のＰＣに通知が来るように設定してあるから、わかるわよ。いいわね。新しいのを送るから」

席に戻った真理が、キーボートを叩き、同じタイトルの企画書を送って来た。それには買収相手の企業名も備考も掲載されていなかった。

――世田谷方面。

調べてみる必要がある。

路子は、そのまま社内書類や会議の内容について、真理に教わった。警視庁よりも遥かに緩いが、そのぶん感性を磨くことが重要だとわかった。

警視庁の会議は、訓示と報告が主体だが、ルーレットレコードの会議は、そのほとんどが企画会議の要素がありブレインストーミングとなるようだった。

「常に、なにかアイデアを持っていないと、脱落していくわよ。それは、私ら社内業務部隊も同じなの。いつでも、ユーチューブでこんなことが流行(はや)っていますとか、言えないといけないのよ。それも誰でも気が付いていることじゃだめ」

真理はいかにも大変だという顔をして、午後七時に帰って行った。着替えて、六本木のキャバレークラブに行くのだという。路子も誘われたが『いつ伊能から連絡があるかわからないから』と断った。

午後八時になると、宣伝フロアには人気(ひとけ)がなくなった。女性社員は全員退社している。

「よしっ」

路子は、女性更衣室の真理のロッカーへ向かった。

入館や通路にはいくつもセキュリティゲートがあるが、社員が使うロッカーはいたって普通のスチール製ロッカーだった。

ポケットから万能鍵を取り出し鍵穴に差し込む。三秒で開いた。先ほどまで着ていたシャツとスカートがハンガーに吊るしてあった。

その下に五段の抽斗(ひきだし)がついたスチールチェストがある。決まったデスクがないため、資料や私物を入れておくためのチェストだ。

一番上を開けた。スチールの擦過（さっか）するいやな音がした。

「あらら」

思わず笑いたくなる。

一番上にパソコンを入れてあると思っていたのだが、なんとそこには、ピンクローター、U字型ローターバイブ。さらには極太バイブが置いてあった。

――社内用？

真理が使っている状態を想像して、いやになる。

その下にタブレットがあった。これは私物のようだ。

都合がいい。社用のノートパソコンを開くより、リスクが低い。

路子は、真理のタブレットを開いた。

いきなりエロ動画がアップされる。観覧車の中で、空を背景に女がバックで貫かれていた。

有名な無料動画サイトだ。ジャンルは『公共の場で』。あきれ果てた。

吐き気がするのを堪えて、メールをチェックする。着信のタイトルだけをチェックする。

平尾と三井、それに伊能からの着信を探す。

三井と伊能はほとんどなかった。

案の定、平尾は頻繁にあった。平尾の個人用アドレスを探した。

あった。

路子は、頭に叩き込んだ。

おや？

正宗勝男からの着信もあった。これは、社用アドレスだ。

タイトルは『平尾君と明日』。

二週間ぐらい前のものだ。本文を開きたくなる気持ちを必死で抑えた。ここは用心だ。

ロッカーを開けて三分経っていた。ここら辺が限界だ。

路子は画面を元の動画サイトに戻して閉めた。

ロッカーの鍵も閉めたところで、サイドポケットの中で、突如スマホが振動した。さすがにビクッと震えてしまう。

取り出すと、伊能だった。

「はいっ」

「いま、どこだ？」

「上がろうと思って、更衣室に入ったところです」

「九時半ぐらいに、西麻布の『レイラ』に来てくれ。場所はメールする。永井さんがいる。新入社員の顔が見たいそうだ。田宮さんも一緒だ。言動には充分気を付けて」

「わかりました。きっちり九時半に伺います」

電話を切って、すぐに社を出た。

タクシーに乗り六本木に出る。早めに付近にいたほうが、時間調整がしやすい。交差点近くにあるイタリアンレストランに飛び込んだ。

『シシリア』。

古くからある店だ。四角いピザが名物で、老舗なのにリーズナブルな値段だ。銀座にも姉妹店がある。

まずは腹ごしらえをした。

ＶＩＰと面会するときは、先に食事をしておくのが王道だ。いつ解放されるかわからない。出された料理に夢中になるのもはしたない。

だから、食べておくことだ。

路子はミックスピザとグリーンサラダ。それにコーヒーをオーダーした。ここのグリーンサラダは本当にグリーン一色だ。きゅうりほぼ一本、斜め薄切りにしただけのものだ。

ひとりでは正直食べきれない。けれども、ドレッシングが懐しさを感じる味で、一度味を覚えるとやめられないのだ。

ピザは薄くてカリカリだ。

『キャンティ』はセレブ系、『シシリア』は庶民系。

六本木で半世紀以上続くイタリアンはそれぞれの味を保っている。それも昭和の香りのする味だ。

祖父母や両親も愛した味を、路子は気に入っていた。

いまどきのイタリアンとは違い、日本の戦後の味なのだ。同じ六本木の『ニコラス』や代官山(だいかんやま)の『パパ・アントニオ』がなくなってしまったのが寂しい。

サラダが置かれると同時に、メールが入った。伊能かと思いきや、ニューヨークの香織からだった。

【いまからJFKを発ちます。やばい報告がいっぱい】

その一行だった。

昨日のネットニュースで、日本の週刊誌記者がブルックリン橋で事故死したという記事を読んだ。

ニューヨーク市警は事故死にしてしまったらしい。

香織からは【ただいまオナニー中】のメールが入っていた。生きている証拠で、本人と自分にしかわからない符牒だった。最低の符牒だとは思う。

【こっちはこれからヤバイ橋を渡りにいくわ】

返事を打ったところで、ピザが来た。

齧りながら、タブレットを取り出し、平尾の個人用アドレスに侵入を試みる。暗号を組み立てながら、ハックに入った。

ピザをふたかけら食べ終えたところで、クラウドから引き下ろすことに成功した。

全文をチェックしている暇はないので、タイトルを探っていく。

平尾－正宗のメールを拾う。

平尾【世田谷方面の感触はおおむね良好です】

正宗【深沢まで直接行ってくれないか】

平尾【承知。ネイザンロード55は、決定ですね】

正宗【決定だ。永井さんの系列に任せる。オーディション開始する】

平尾【それを手土産に深沢詣でにまいります】

そんなやり取りだった。

ネイザンロード55？

路子はすぐに検索した。

【彌敦道（ねいざんどう）。香港の九龍（クーロン）にある繁華街のメインストリート】

香港に進出するつもりか。

コーヒーを飲みながら、時間ギリギリまで筋読みを試みることにした。

時間になった。

スマホやタブレットは、用心のため、六本木駅のコインロッカーに放り込む。

すぐにコンビニに行き、厚手の封筒を買い、ロッカーの鍵とメモを放り込む。日本橋室町の黒須機関のアジトへと宅配便で送っておく。

これで保険はかけた。

4

「永井です」

その老人は、痩身で、木製ステッキを足の間に置きソファに座っていた。両手をきちんとステッキの柄に置いている。その様子は、英国紳士のようだった。

ダークブラウンのスーツに小紋のネクタイ。地味だが粋である。

ソファの脇のコーヒーテーブルに中折れ帽を置いていた。

路子は祖父、黒須次郎の晩年の姿に似ていると思った。

オーラはあるのだが、ギラついていない。

芸能界の住人とはおよそ思えない。知的な香りすらする。半年前までの首領、藤堂景樹とはまったく違う印象だった。

「ルーレットレコードの新入社員、寺澤路子と言います。メディア班に配属になりました」

会釈し、ソファに浅くかけた。隣に伊能。

田宮は扉の前に立ったままだ。それも直立不動。どれほど永井が温和な顔を見せても、田宮を見れば、永井の本性がわかる。

その落差をあえて演出しているのではないかと思った。

「前は銀座にいたとか。さて、どこの店かな？」

永井が眼を細めながら言っている。

「銀座と言っても、キャバです。会長のお耳に入るような店ではございません」

「店名は言いたくないと？」

永井が葉巻を取った。アル・カポネが吸っていたような太い葉巻ではない。普通の煙草と変わらない細くて短い葉巻。銘柄まではわからない。

「『ワンダフルナイト』といいます。アガサと名乗っていました」

口裏を合わせている店名を出した。すでに閉店しているが、二か月前まで存在した。そこにアガサは存在した。似た顔の子だ。いまはロンドンに留学した。本名は知られていない。

「そりゃ、たしかに知らんな」

永井は葉巻を大きく吸い込んで、入道雲のような煙を吐き出した。香りがよい。バニラのような香りだ。

「芸能界のことはまだ何も知らないもので……」

路子は慎重に言葉を選ぶ。

「まぁ、そう硬くなるな。二十年前のわしなら、いますぐここでパンツを脱いでみろとか暴言を吐いたものだが、いまはそんな欲もない。解脱しとるよ」

永井がグラスに手をやった。酒ではない。レモン入りのペリエだ。

「それで、レコード会社の女性社員もパンツを脱いだんでしょうか？」

思い切って聞いてみた。芸能界の奥を覗けるような話だ。

「頭のいい課長さんは、パンツを脱げる女を採用して、わしの前に連れて来たものさ。素っ堅気の娘さんがそんなことを言われたら、泣いてお漏らししてしまうよ」

永井が大声を上げて笑った。

「私も言われたら、泣きだします」

路子は視線を落としてみせた。必死の演技だ。演出家の田中も、半グレの成田からも、永井ほどの男になると、かまのかけ方が桁違いにうまいとアドバイスされていた。

どこに地雷が潜んでいるかわからない。

「そうかね。あんたはそれほどやわかね」

そう言うなり、いきなり葉巻を路子の顔に投げつけて来た。

しまった！

路子は軽く首を振って躱してしまった。葉巻は田宮の太腿の方へ飛んでいく。横に座っていた伊能が席を立った。

「てめぇ、どこのもんだ！」

永井のステッキが上がる。アッパーカットのように路子の顎を狙ってくる。腰ごと引いて躱した。

「あの、私、なにかお気に障ることでも……」

「惚(とぼ)けてんじゃねぇよ」

後ろにいた田宮に髪の毛を摑まれた。

「痛いです！」

頭を振って抵抗した。

「台場のスタジオで由香と佳奈子に絡まれたときの動きが、鮮やかすぎたんだよ。おまえ、刑事だろ」

田宮が吠えている。

「伊能さん、助けてください。私が普通の社員だと言ってください」

髪を摑まれたまま、伊能を見上げた。

「無理だよ。俺もなんかおかしい気がしていたんだ。由香と佳奈子は戦闘要員だぜ。それを躱しちゃうなんて、普通のOLにはできない。もう俺の管轄じゃない」

冷たい眼だ。

扉が開いて、数人の男たちが入って来た。屈強な男たちだ。中央のオールバックの男はまるで冷蔵庫のような体軀だ。

そいつが田宮に代わって背後から路子の身体を押さえつけた。髪ではなく、バストを鷲摑みにした。物凄い力でぎゅうぎゅうと揉まれる。

「やめてください」

路子は足をばたつかせた。その足を永井のステッキが叩いた。右の太腿だ。

「うっ」

想像以上の激痛が走った。

木製ステッキの中にはおそらく鉄棒が仕込まれている。

「白状するか、空から放り投げられるかどっちかだ。いまどきは海には沈めん」

「私がなんで刑事なんですか！」

今度は怒鳴ってみた。

「そうじゃなければ、内調（サイロ）の雌猫か？」

永井のステッキは今度は股間を突いて来た。土手に当たった。恥骨（ちこつ）が割れそうだ。

「痛い！　それなんですか！　知りませんよ」

「惚けやがって。佐橋（さはし）、剝（む）いてしまえ」

永井が背後の冷蔵庫男に言った。

佐橋？　この男、佐橋省吾（しょうご）か？　そうだとすれば『将軍連合』の総長だ。成田の『青天連合』から分派した半グレ集団。チャイナマフィアの『福建蛇頭（ふっけんじゃとう）』と提携している新興勢力だ。

「うぉっす」

佐橋が一気に路子のジャケットを脱がしにかかってきた。すぐに、背後から数人の男たちが寄ってきて、衣服を剝がされた。

あっという間に真っ裸だ。

「こ、こんなことってありですか。パンツを脱がないのがそんなにダメなんですか」

路子はシラを切り続けた。

「連れていけ。吐くまで、やり続けろ。少しでも疑いのある人間は、即刻排除だ」

永井がステッキを振って田宮に指示すると、扉の向こう側からストレッチャーが一台運び込まれてきた。

頭に頭巾を被せられ、真っ裸のまま、乗せられた。

第六章　復讐の十六ビート

1

　真っ暗闇だ。頭巾（ずきん）はまだ被せられたままだ。麻酔などは打たれなかったので移動中、路子の意識ははっきりしていた。

　小一時間。そう読んだ。ストレッチャーごと乗せたのだから、荷台の広いワゴン車ではないか。車中で辣油（ラーユ）と醬油の匂いを嗅（か）いだ。食品の運搬車ではないか。たとえば弁当。

　そんな想像をしているうちに、どこかに到着しストレッチャーごと降ろされた。

　一瞬、潮の香りがした。ということは海辺だ。

　頭巾を被せられたまま、鉄とコンクリートと餃子（ギョウザ）のような臭いのする部屋に押し込まれた。真っ裸になにかかけられた。タオルケットの肌触りだ。

三十分経った。

そのタオルケットが捲られた。

路子は咄嗟にうつ伏せになった。顔、胸、腹を隠すのは人間の本能だ。

誰かの手が、尻の両脇を摑んだ。引き上げられる。

四つん這いで尻を掲げる格好だ。

「あうっ」

いきなり女の秘孔に太い男根を突っ込まれた。路子は悲鳴を上げた。乾いたままの膣壁が無理やり開かれる。

「おおっ、圧迫がすげえ」

がっちり胸を摑まれ、男根を送り込まれる。この声は『将軍連合』の佐橋だ。自らを将軍様と呼ばせているセンスのない男だ。

青天連合との勢力争いで、成田和夫に負け、一年前に割って出ていったが歌舞伎町の福建系と組んで、急速に勢力を伸ばしている。

青天連合が、前芸能界の帝王、藤堂景樹率いるシャドープロの手先になっていたのに対して、佐橋は当時業界ナンバー2だった永井雅治の私兵として、チャンスをうかがっていたわけだ。

結果的にチャンスを与えてしまったのは、藤堂を潰した自分だ。

芸能界とは戦国時代そのままの社会だ。腕力がモノを言い、下剋上(げこくじょう)が当たり前。その時代でもっとも強いものが、最大の権力を手中にする。

「あっ、くくう」

乾いたままの膣壁を、よく張り出した鰓で抉られる。佐橋は、亀頭を左右に三十度ぐらい傾けながらピストンを続けている。

「たまんねぇな。俺は乾きマンが好物でな」

グイグイと抉られた。佐橋を悦ばせないためには、無反応を装うに限るが、ひりつく痛みには耐えられない。

「いやぁあああ、お願いだから擦らないで」

悲鳴を上げた。頭巾を被らされているので、自分自身の耳に一番響いた。

「お前、何を探りにやって来たんだ。擦られたくなかったら、白状しろよ」

「私は、もとキャバ嬢で、ルーレットレコードに憧れて就職しただけです」

「嘘つけ。調べがついたんだよ。銀座の『ワンダフルナイト』のアガサという女はお前じゃない。いまはロンドンに留学中だと報告があった」

佐橋が狭い膣孔を男根で掻き回しながら、吠えた。

「そんな女知らないわよ。誰かが、私を騙っているんだわ。私がロンドンに留学していたことを知っていて、それを逆利用しているんだわ。きっと『ワンダフルナイト』にいた別な子よ」

咄嗟にそう答える。こうした場合に備えて準備していたセリフだ。

「惚けるんじゃねぇよ。おまえの経歴自体おかしすぎるんだよ」

言いながら佐橋はバストに手を伸ばしてきた。絞るように揉み込まれる。出るわけのない乳も漏れてきそうな勢いだ。

「あっ、はう……どういうことよ」

「小学校から順に洗ったが、寺澤路子という名前は残っているが、写真が一切残っていない。卒業アルバムにもだ。中学も、高校もだ。おかしいだろ」

佐橋はさらに荒々しく太棹を子宮に叩き込んでくる。まずいことに、徐々に濡れはじめてきた。

痛感が快感に変わりつつあるのだ。

「写真嫌いだったのよ。子供の頃、私は引きこもりだった。友達もいなかった。ロンドンに留学してようやく、すこし自信がついた。それで帰国してから明るくふるまえるようになったんだわ。あっ、あっ、はふっ」

　作り話を語る。これも用意していた逸話だ。

「ふん！」

　いきなり左右の乳首をぎゅっと強く摘まれた。

「あっ！」

　膣壺が窄まった。あらためて佐橋の棹の巨大さを思い知る。

「両親の姿もどこにも見当たらねぇって、おかしすぎるだろ。なんかよ、金を借りて逃げている一家に似ているんだよな。俺らはそういうのを探し出すのが得意だから……けど見つからねぇ。寺澤路子の親も親戚の影も形も見つからねぇ。おかしいだろう」

　どんどん覆面(カバー)を剝(は)がされていく思いだ。

「親は近所付き合いが嫌いだった。引きこもりだった私を庇(かば)うために、他人との関係を絶っていたのよ」

　そろそろ、言い訳が苦しくなってきた。

「おまえみたいな過去を掘っても掘っても何も見えてこない女は、だいたいが刑事(イヌ)なんだよ。それに、どこを探してもスマホがねぇのも不自然だ。さっさと白状しろや！」

　佐橋がぐいと太棹を一度抜いた。

ヌポッとシャンパンの栓の抜けるような音がした。たとえようのない喪失感を味わった。久しぶりの肉交だったせいか、感じてしまったようだ。

「言いがかりよ。なんなの、あんたら。スマホは、偉い人と初めて会うのに、途中で音がしたりしたら失礼かと思っただけよ」

黒頭巾の中で吠えた。闇と語り合っているようなものだ。

それにしても、この数日のうちにここまで剝がされるとは思っていなかった。いかに芸能界が情報網をもっているとしても早すぎる。

考えられることはふたつある。

ひとつは、警察内部の誰かが、私を売った。

もうひとつは諜報機関が関与しているということだ。国内なら警察庁の最大のライバル内閣情報調査室（サイロ）。国外ならば、ＣＩＡのカウンターであるロシア対外情報局（ＳＶＲ）か中国国家安全部ではないか。これらの機関ならば、潜入刑事（イヌ）の覆面などあっさりと剝がしてしまうだろう。

背筋が凍った。

相手が諜報機関ならば、確実に事故死に見せかけて殺される。

「イヌじゃなければ、テロリストかよ。芸能人を人質に取ろうってか?」

佐橋が何かを取り出そうとしている音がする。

「どっちでもないわよ」

「いまに白状するさ」

すっと膣と尻穴に冷たさを感じた。すぐに膣がムズムズしてきた。

「なにを塗ったの？」

尻を左右に動かしながら訊いた。

「催淫液だよ。粘膜吸収すると、すぐに欲しくてたまらなくなる」

佐橋が巨根を尻の窄まりに当てた。

「いやっ、そこは」

すでに催淫液が窄まりの奥へ垂れ落ちて、腸にたどり着いていた。

「純粋な麻黄を摺った液だ。どこに挿入されても、感じまくるそうだ。なあに俺も初体験だ。試し差しよ」

ズボッ。

佐橋が後ろの穴に太棹を挿入してきた。窄まりが一気に拡張される。

「あぁああああああああああああああああ」

激痛に叫喚し、落涙した。

ぼろぼろと頬を熱いものが伝っていく。半年前の香織の想いがいまははっきりとわかった。

佐橋は遠慮のかけらもなく、尻を攻め立ててきた。ガッツンガッツン、まさにゴン攻めだ。路子はさらに大声を張り上げた。

「うわぁああぁぁあああああああああああ。許さない、あんたら、絶対に許さない。ひとり残らずぶっ殺してやる」

歯を食いしばり、尻穴をも窄めた。懸命に窄めた。催淫液が効いてきたようで、徐々に快感に変わる。

「おぉおおっ。後ろはやっぱり違うな。出ちまいそうだ。やっぱ麻黄を磨り潰した原液はすげえや」

佐橋も昂ぶり始めたようで、腰遣いが速くなった。ずちゅ、ぶちゃ、ぐじゅ。女の洞穴を突くのと同じように出没運動をしている。

麻黄。中国の薬草だが覚醒剤のもとになっている草だ。成分を薄めた『麻黄湯』などは、日本でも漢方薬として販売されているが、麻黄そのものは薬事法で制限されている。

その麻黄を直接手に入れているとしたら、覚醒剤の素を手にしているに等しく、莫大な利益を生み出すことになる。

路子の尻や膣にも充分麻黄が効いてきたようだ。疼いてくる。

「あっ、そこばかりじゃなく……」

つい、そんなことを口走っていた。自然に肉芽に手が伸びた。自分で擦った。

「感じてんじゃねぇよ。俺はこっちがいいんだよ。おまえ、ケツは初めてだろう。てんで締まりがいいぜ。抜くならこっちだ」

がつがつと突かれ続けた。

後方を突かれるほど、前が欲求不満になった。自分も人並みの性欲の持ち主らしい。こんな男には、最後まで無反応を装いたかったが、もう無理だ。

「はっ、いやっ、そっちじゃなく……手前の穴を」

屈辱のセリフだ。

「このドスケベが！　欲しかったら、さっさと白状しろよ」

「本当は前科者なのよ！　大学時代、特殊詐欺の受け子を引き受けて逮捕された。その後はアカサギでパクられた。栃木に二年半入っていたわ。だから就職するにはちゃんとした経歴が必要だった」

とうとうBタイプの言い訳に切り替えた。

「名前は？」

「足立悠子」

これも実在の人物だ。足立悠子は、一年前に出所して、現在は警視庁生活安全部の情報提供者として、池袋の地面師グループに潜り込んでいる。そのため、容易には捜し出すことのできない人物だ。

しかし——もしも背後に諜報機関が潜んでいるのであれば、これもいずれ割れる。時間稼ぎでしかない。

それよりも、膣や肉芽が疼く。膣が波打つほどに摩擦を求めている。

「本当だな……だったら、なりすましのプロってことだよな」

佐橋の声のトーンが変わった。腰のストロークは、相変わらず速い。

「できるわ」

そう答えたものの、そんなことよりも肉芽がもはや破裂しそうだ。

「だったら、こっちも使いようがある。だが、俺らを騙していたら、本当に空から捨てる。いいな……うっ、出る」

尻穴で熱いものが飛んだ。

膣袋と違って、底なしなので、受け止めようがない。下腹部全体に熱い液が広がる感じがした。

出してしまいやがった。取り残された気分だ。頭にきた。

「そんなところに撒かないで、おまんちょにぶち込んでちょうだい。あんたばっか、いい思いしててんじゃないわよ！　わぁあああああああああああああ」

路子は本気で暴れた。激しく総身を振った。

精子を飛ばしたばかりの佐橋は、瞬間的に力が抜けていた。

佐橋を跳ね飛ばした。頭も思い切り振ったせいで、黒頭巾も飛んだ。視界は真っ暗闇から薄暗闇に変わった。

ぼんやり室内が見える。蓋のない木箱が積みあがっている。どの箱にも『蓬萊堂食品』と黒い焼き印が押してあった。

餃子や焼売の販売用の箱のようだ。

辣油や醬油の瓶も箱詰めになっていた。どうやら中華食品の倉庫のようだ。潮が香り、横浜中華街の近くではないだろうか。西麻布からの移動時間とも合致する。

「本性出しやがったな。このドスケベが」

屈辱的な言葉をぶつけられたが、詐欺師だと思われた方が都合がいい。

「どうでもいいから、挿れてちょうだい」

路子は仰向けに変えて、大きく股を開いた。女の亀裂の中央で開いた花弁がうねっていた。

「心配するな。麻黄が効いているから、ほら、射精しても萎まねぇ」

濡れた亀頭がこちらを向いた。タオルで汗を拭いながら、ついでに亀頭の先も拭いている。助かった。拭いてほしいと頼もうと思っていたところだった。

「あんっ、いいっ」

佐橋が上に乗ってきた。ズブズブと挿入される。いつ以来だったか記憶にない。まさかの肉交だが、潜入にはつきもののリスクだと諦めた。

左右の乳首を交互に吸われ、尻を持ち上げられながら、ひたすら肉と肉を擦り合わされた。何度、昇りつめたかわからない。佐橋はただひたすら獰猛だった。愛撫を楽しむとか、女を辱めて喜ぶとか、そういった知的な性癖の持ち主ではなかった。

どんぶり飯を大急ぎで食うように、路子の身体にむしゃぶりついてきた。

「うっ、いいっ」

「おぉおおお。また出る。まんちょは、まんちょでいい」

佐橋が膣の中にしぶいた。

荒い息を吐きながら覆いかぶさってきた。

そのとき鉄の扉が開いた。

「総長、白状させたかい？」

永井エージェンシーの田宮だった。さらにその後ろから平尾が入ってくる。路子は身構えた。

「この女、イヌとかじゃなくて、詐欺師（ギーザ）みたいっすよ。いずれルーレットを食おうって魂胆だったんじゃねぇっすか？」

佐橋が掃除しろとばかりに、路子の口の前に精子で汚れた亀頭を突き出してきた。

田宮と平尾の前でしゃぶるのはさすがに抵抗があった。

だが仕方がなかった。すでに真っ裸で、双乳も陰毛も紅い秘裂もさらしているのだ。路子は目を瞑って、舌を出した。

――絶対、こいつら殺してやる。

胸底で、繰り返しながら、大きく口を開けた。

「本当かよ？」

田宮が上着を脱ぎながら言っている。ワイシャツのボタンをはずし始めている。平尾も同じだ。

「本名は足立悠子。栃木に入っていたそうです。裏は餃子屋の方で取ってもらってくださいよ」

佐橋が田宮に言っている。

「わかった。いますぐ周（しゅう）さんに連絡する。足立悠子だな」

田宮がスマホでタップし始めた。まぢかで汽笛の鳴る音がした。相手が出たようだった。

「田宮です。周さん、もうひと働きお願いします。栃木刑務所にいた足立悠子という女の足取りを調べてください。それとどんな舞台を作っていたのかも」

相手が何か答えている。

周という男、中国国家安全部のスリーパーではないか？　この蓬萊堂食品が隠れ蓑（みの）だ。

徐々に構図が見えてきた。

「はい。湘南ブルーカントリー倶楽部の件はもう間違いないです。資金（タマ）の段取りもつけ終わっています。ルーレットが買収したら、後はどうにでもなりますよ。蓬萊公司（こうし）が買いますか？」

相手の笑い声が漏れてきた。

田宮はそれで、スマホを切った。

「平尾さん、そろそろ仕上げっすね」

田宮はベルトを緩めた。

「会長が、公的資金が認可される前に、湘南だけ買ってしまいたいと言っている。当座の資金がいる」

平尾が言いながら、ズボンを脱いだ。田宮が頷き、

「総長、麻黄はどうだった？　捌けそうか？」

と聞く。

「いま俺とこの女でキメていますよ。ハンパないっすよ。即効でエロくなる。下手に精製するよりも単純に磨り潰して売った方が儲けはでかいですよ。富裕層にだけ卸したらいい」

佐橋が亀頭を引き抜きながら、親指と人差し指を丸めた。カネのマークとＯＫマークを合わせているようだ。

田宮が脱いだ衣類を放り投げ、真っ裸で路子の足元に回ってきた。足首を取られ、大きく広げられる。

「湘南でのグリーンフェスをそのまま取引場に使おう。もとからセレブを集めておける。そこに周さんにブツを卸させたら、一気に小売りができちまう」

田宮が亀頭を路子の花びらに擦りつけながら言っている。

――やはり周は工作機関の人間だ。

「そいつはいい。その場で現金化できてしまう。出演者やＶＩＰゲストには事前に伝えて、金を持ってきておいてもらうさ」

平尾もトランクスを脱ぎ終えていた。

「現場はうちが引き受けますよ。みなさんは、音楽だけに打ち込んでくれていりゃいい。ブツと現金のスワップは裏で俺らが責任をもってやります」

「たのむぜ、総長」

田宮が佐橋に微笑むと同時に、肉の頭を挿入してきた。ふたたび汽笛が上がる。

「ううううう」

路子は喘いだ。佐橋より小ぶりだがテクニックがありそうな気配だ。棹の全長を入れたまま土手同士を擦り立ててくる。

肉芽が圧迫された。

「あううううう」

喘いでいる顔の真横に、平尾がしゃがみこんできた。キュウリのような形の肉茎を眼前に差し出される。路子は平尾を睨んだ。

「おまえ、うちの会社の何を食おうとしていたんだよ」

「こんなもん、食う気はないけど」

路子は反り返った肉茎に唾を吐いた。

「ふんっ。てめぇ、マジ詐欺師（ギーザ）だったら、もう俺らから逃げられないぜ。だが、その方が殺されずにすむ」

平尾が路子の鼻を摘まんだ。つねるように摘まむ。

「はううう」

すぐに息が苦しくなった。観念して口を開ける。

「うぐっ」

男根を突っ込まれた。尖端が喉（のど）まで刺さってくる。路子はゲボゲボと咽（む）せた。

「平尾さん、俺が暇になっちまった。麻黄でキマりまくってんだから、たったD発じゃ収まらねえよ。平尾さん、弁当もってきてくれたんだろう」

佐橋が立ち上がって不満そうな顔をした。差し込みはすでに田宮と替わっている。路子は、土手を擦られる快感に酔いながら、演出家の田中から教わった芸能界用語を思い出していた。

D発は二発という意味だ。

昔のバンドマン用語だが、いまも一部では使われている。音のポジションを数字に置き換えているのだ。

ＣＤＥＦＧＡＢ（ドレミファソラシ）が、順に１２３４５６７を表す。

たとえば払いはＧ万だ。五万円。

今年、Ｅ十になったと言えば三十歳。

そんな感じで使う。

オクターブと言えば八を指す。

九だけは、どういうわけかナインスと普通に言う。

そして愉快なのは「弁当」だ。

平尾が親指を立てて扉の方に叫んだ。

「弁当を入れろ」

「へぇ」

と若い男の声がして扉が開いた。

「いやっ、これ、どういうこと？」

両手を後ろ手に縛られた及川真理が放り込まれてきた。昼とはまるで違う格好だ。マイクロミニに身体にぴったりフィットしたニットセーターを着ていた。

「ゴチっす。俺、素人好みっスから」

佐橋が飛びついた。

弁当とはひと世代前の業界の隠語で女のことだ。ツアーに出るときなど、現地調達ではなく、セックス用に帯同する女を弁当と呼んだりしていたそうだ。今でも、帝王、永井に仕える佐橋や平尾は使っているようだ。

真理が絶叫した。知らずに連行されたらしい。

「この女に裏の企画書を見せちまったようだな。見ていた社員から報告を受けた。罰だ。ミスは許されないと言っただろう」

平尾が床にあった板切れを真理の胸にめがけて放り投げた。

「痛い！」

真理が胸を押さえてよろけた。壁にぶつかっている。

佐橋は、言葉もかけずに真理の両足を抱え上げ、駅弁スタイルで挿入してしまった。

「いやあああ。私、平尾さんじゃなきゃ燃えない。だめなのよ」

ずっぽり挿入されたまま、真理が叫んだ。佐橋は余計に嬉しそうな顔をしながら、室内を歩き始めた。ぎしぎしと床がきしむ音と、ぬちゃぬちゃと肉が擦れ合う音がアンサンブルとなって聴こえてくる。

荒々しい動きに埃が舞い、男女の肉を擦り合う性臭が立ち込める。華やかな舞台の裏側を見る思いだ。

「まぁまぁ、平尾さん、どのみちこの路子って女は怪しかったんだ。詐欺師(ギーザ)だろうがイヌだろうが、拉致してしまった以上、二度と娑婆(しゃば)には戻さない。企画書の一部を見られたぐらい、大きな問題じゃないだろう」

路子を見下ろしていた田宮が、いよいよ本格的な抽送を開始した。

「あふっ、んんん」

股間から身体全体に、痺れるような快感が広がっていく。深く尖った快感だった。

「問題になったら、俺が空から捨てられるんだ。どんな小さなミスも許されない」

平尾が、喉を突いていた亀頭を今度は路子の舌に擦りつけてくる。

腹をくくって舐め返した。

「おぉ」

平尾が喜悦の声を上げる。早く射精させた方が楽になるだろうと、路子は舌をフル回転させた。

淫(みだ)らな気分には程遠い。だが薬物のせいで女の肉路はもちろん、舌や乳首は蕩(とろ)けてしまいそうなほど感度が上がっていた。

身体だけが先走っているこの感覚は、不快でもある。それでも田宮に腰を打ち返し、平尾の亀頭の裏側を執拗に舐めてやる。

「ふがっ」

　平尾が間抜けな声を上げる。

「後ろはだぇぇぇぇぇぇぇぇぇ。いやぁ、それは許してぇぇぇぇ。何でもしますから、あっ、ひゃっ、抜いて抜いて」

　真理の絶叫が響く。佐橋が、駅弁のまま裏側に差し替えたようだ。

「ふん、さっきはこっちに出しそびれたんでな。出すぞ、たっぷり出すぞ」

　佐橋が猛烈に真理の裏孔（うらあな）を突いている。

「おぉおおっ」

　平尾の亀頭もビクンビクンと脈動し始めた。尖端から先走りが漏れてくる。路子は咄嗟に口を離した。

「おいっ、逃げるんじゃない」

　射精寸前で止められた平尾に髪の毛を摑まれた。

「違います。及川真理さんの口に注いでやって欲しいんです。二発目は私の口でもおまんちょでも構いません。私のために真理さんはこんな目にあっているんですから。せめて」

　監禁、暴行中であってもユーモアを忘れてはならない。路子はそう思った。

「ふん。せめてもの償いに、精子は真理に飲ませろってか。おまえ、おもしれぇよ」

平尾が苦笑いをし、それでも興味があったと見え、陰茎を握ったまま立ち上がった。

話を聞いていた佐橋は駅弁のましゃがんだ。体力はまだ十分残っているようだ。

「平尾さん、どうせなら、せいので流し込みませんか」

佐橋はそんなことを言っている。こいつこそ面白い。

「よし」

「そんな、アンポンタンなことやめてください」

真理は佐橋の背中にしがみつきながら、さかんに首を横に振った。

「せーの」

佐橋と平尾が極悪な表情で声を揃えた。加虐を快楽とするヤカラ特有の陰湿な眼の色をしていた。

「いやっ」

真理が大きく眼を見開いた。

「うっ」

先に平尾の表情が緩む。

「ふはぁ」

佐橋もだらしなく笑い、尻山を小刻みに痙攣させた。男は射精も放尿も同じような顔でする。

「んんっ。上からも下からも……」

真理は顔を歪ませた。飲んだ顔だ。苦そうだ。

路子は、複雑な想いで、その様子を窺った。

食道から下りた平尾の精汁と腸から駆け上がった佐橋の精汁は、胃で合流するのだろうか。佐橋の噴き上げに勢いがあればだが。

そんな妄想を浮かべた。

どのみち、田宮の後には平尾にもやられ、佐橋ともまたやるのだろう。あほくさい妄想でもしていなければ、怒りが充満するだけだ。

佐橋が再び真理の尻を揺さぶっているのを眺め、『混ざれ』と念じた。

はっきりした時間の経過はわからないが、九時間後ぐらいには、状況は変わるだろう。

日本時間、午前十時頃。スマホが鳴れば……。

「あっ、田宮さん、私、昇く。んんんんん」

路子は喘ぎ声を上げ、自ら田宮に抱きついた。

2

午前十時四十五分。

地下鉄日比谷線六本木駅のコインロッカーの前はちょっとした騒ぎになっていた。

「赤ん坊の泣き声が聞こえるんです」

花屋の店員らしいエプロンをした女性が、通りがかりの若いサラリーマンにロッカーの中段を指してそう言ったのが始まりだった。

サラリーマンは耳を澄ました。

「んんぎゃぁ……あぎゃぁああ」

確かにそんな声がした。

改札口に向かう途中だった若いサラリーマンは、面倒くさいと思いながらも、駅員に声をかけた。角刈りに制帽を被った駅員だった。その顔は往年の名優、緒形拳(おがたけん)を彷彿(ほうふつ)とさせた。

「これは大変だ。まったく世も末だ」

駅員がロッカーを運営する会社に電話を入れたときには、二十人ぐらいの人だかりが出来ていた。

　ところが、赤ん坊の声は、ピタリとやんだ。

「やばいぞ。死んでしまったんじゃないか」

　銀髪のサラリーマンが叫び、さらに数人の駅員が駆け寄ってきた。

「緊急要請だ。急いで鍵を開けてくれ」

　最初に駆けつけてきた老駅員が、大声を上げた。

　するとまた、赤ん坊の声が上がる。

「んぎゃあ、おぎゃあ、マーマ、マーマ」

　やじ馬たちから安堵の溜息や、声援が上がる。

「六本木署と消防にも連絡を」

　老駅員は指示をする。若手はすぐにスマホを手に取った。泣き声はやんだり、再開したりを繰り返している。

　三分後。

「お待たせしました。『ハード・ロッカーズ』の者です」

　首から身分証をぶら下げたブルーの作業服を着た二人組が息を切らしてやってきた。付近にあるロック・カフェの店員とはえらい違いだった。

「それを開けてくれ」

老駅員が声を張り上げた。階段を制服警官と救急隊員が下りてくる。

「はい」

ロッカー会社の社員がマスターキーを使って解錠（かいじょう）した。

パッカンと扉が開いた。

スマホとタブレットが一台ずつ並んでいた。赤ん坊の泣き声はスマホの着信音だった。

「なんと！」

開いたとたんに鳴りやんだ。

老駅員のこめかみに大きな筋が浮いた。やじ馬たちもどよめき、『なーんだ』、『人騒がせな』と言いながら散っていった。

「事件性はないようですな」

六本木の交差点にある交番から走ってきたと思われる地域課警官は、老駅員に敬礼をして戻って行った。

救急隊員は『よかった』、『よかった』と口々に言い、引き揚げていった。

老駅員は、スマホを取り上げ、若い駅員に言った。

「マナーモードにするから、動画を撮（と）っておけ。それから、一度開けた旨の説明書きを入れる」

「わかりました」

　駅員がスマホを掲げ、撮影しようとしたとき、突如またスマホが鳴った。

「おぎゃあ、おぎゃあ」

　老駅員はブチ切れた。

　液晶に浮かぶ発信者名を確認した。

【誰でもいいの、出てちょうだい】

　老駅員はさらにブチ切れた。すぐさま【電話に出る】をタップした。

「もう、出るの遅い！」

　いきなり女の声がする。

　老駅員は血が上って怒鳴ろうとしたが、手を振る若手に諌められた。

「六本木駅の駅員です。大変人騒がせな着信音だったので、コインロッカーを開けて確認させていただきました。この電話の持ち主のお知り合いですか」

「あらまぁ。日本も大変そうねぇ」

　相手の女は素頓狂な声を上げた。

＊

電話を切り、谷村香織は六本木に急いだ。

緊急事態の発生だ。

羽田空港からタクシーを飛ばす。まずは、八月に開設した黒須機関の隠れオフィスに電話を入れる。

場所は日本橋室町。三越に近いオフィスビルに貿易会社として一室構えた。路子が千疋屋総本店でメロンジュースを飲むのが好きだからだ。

『プリンシパル交易』

路子の祖父にあやかってつけた社名だ。

実際にイタリアやスペインのワインや食品、それに東南アジアの雑貨を輸入している。販路は関東泰明会と青天連合が確保してくれていた。

「ハロー。香織さんからの電話、待ってました」

堀木勇希の陽気な声がする。

「ハローじゃないの。たったいま帰国したところよ。昨日の夜九時頃、六本木駅にいたボスが消えたわ。これから捜すけど」

「そういえば、さっき宅配便が届きました。ロッカーの鍵とメモが入っています」

「メモにはなんと？」

「香織さんがなにか指示してきたら従えって。それと、もし自分が死んじゃっていたら、お墓は青山か鎌倉（かまくら）がいいと書いてありました。どういう符牒でしょう？」

「あのミーハーが。勇希、その鍵持って、六本木の交差点まで来て！」

「はーい。『アマンド』の前でいいですか」

「そこでいい」

たぶんスマホに何かヒントはあるはずだ。

続いて、香織は関東泰明会の傍見組長と青天連合の総長になった成田に連絡を取った。どちらも黒須機関の幹部だ。

「警視庁のNシステムと防犯カメラデータにアクセスする許可を取ってくれないか」

成田が追跡を引き受けてくれた。

関東泰明会が武器を、青天連合が兵隊の準備に入る。

ボスが攫（さら）われたのだから臨戦態勢だ。

タクシーが、首都高環状線に入った。半年ぶりの東京は、マンハッタンに比べると灰色に見えた。

同じ巨大都市でもマンハッタンはカラフルだ。もっとも異なるのはタクシーの色なのかもしれない。

ロンドンタクシーをコンパクトにしたような日本のタクシー『ジャパン』は、限りなく黒に見える濃紺。対してマンハッタンはイエローだ。

飯倉(いいぐら)で首都高を降り、外苑東通りで六本木に到着した。

濃紺のダウンコートに赤い毛糸の帽子を被った勇希が、『アマンド』の前に立っていた。リングシュークリームを立ち食いしてやがる。

あの女、キックボクサーでなければ、ただのデブだ。『アマンド』の地下から香ばしいガーリックの匂いがした。イタリアンレストラン『シシリア』からの匂いだ。

六本木駅に下りた。コインロッカーの前に立つ。

「紛らわしい着信音は、絶対にやめてください」

背中で怒鳴り声がした。振り向くと、白髪混じりの角刈り頭の駅員が、鬼の形相(ぎょうそう)で立っていた。

着信音が赤ん坊の声だったために大変な事態になったと、さんざん怒鳴られた。

香織と勇希は、ひたすら謝った。こんな手を使うとは、香織も思いつかなかった。

「さてと、ランチでもしようか」

六本木交差点に戻り、勇希に言う。

すぐにスマホをチェックしたかった。どこかに入りたい。

「はい。『シシリア』でパスタかガーリックピラフを食べませんか」

勇希が提案してきた。

「どっちも食べたい。両方とってシェアしよう」

ふたりで、ランチ客でごった返す『シシリア』に入った。豪勢に赤ワインとサーロインステーキまでオーダーし、すべてふたりでシェアした。

食事をしながら、路子のスマホとタブレットを念入りにチェックした。

「たぶん、これですね」

勇希が大量に並ぶファイルタイトルのひとつを指さした。

『マンゴーの栽培方法』

香織はすぐにピンときた。濁点をとったら、ヤバい三文字だ。香織や勇希が見たら必ず気づくと思ってつけたに違いない。

「当たりね」

開くと、びっしり文字が並んでいる。

ルーレットレコードの『マネタイズ企画。スポーツと音楽ライブのコラボ』の概要と、ふたりの課長の通信内容が記されていた。

「わかった。私がニューヨークでゲットした情報と重ねると、もっと見えてくると思う」

「青天連合の成田さん、あとどのぐらいで行先を割ってくれるかしら」

勇希が、赤ワインのグラスを開けながら言う。

「三時間ぐらいでつかめると思う。まずは、姉さんに伝令(コネクター)を出さないとね」

「場所がわかったら、私が走ります」

勇希が腕を曲げて見せる。力瘤(ちからこぶ)が浮かんだ。

「いや、それはケースバイケースよ。もっとも自然な形で、伝令(コネクター)を送り込まないと」

香織は、いくつかの方法を練った。

半年前、上海の工作グループに拉致された公安潜入員の自分を救出に来てくれたのが、組織犯罪対策部(マルボウ)の黒須路子だ。

そしてめでたく黒須機関の工作員に任命された。

借りは返さなくてはならない。

3

「花形祐輔に五千万貢いだ？」

路子は思わず、額に手を当てた。

「結婚するって言ってくれたんです。ブロードウェイのオーディションに受かったら、すぐに帰国して、入籍してくれるって。式とか挙げずに、すぐにマンハッタンで暮らそうと言っていました」

プロゴルファーの江波瑠理子が、うつろな眼で語り出した。

湘南ブルーカントリー倶楽部の外れにある練習場。お互い打席に入れという指示を待っていた。


拉致されてから一週間が経っていた。

最初に閉じ込められ輪姦されたのは、横浜の山下埠頭近くの倉庫だった。

九二日、平尾、田宮、佐橋と肉交させられた。セックスに対する恐れが麻痺してしまい、誰とでもよくなった頃に、今度は何人ものAV男優が投入された。

催淫剤を飲まされ、絶頂の寸止めを繰り返されるという地獄を味わった。

それでも刑事だとは白状しないですんだのは、香織のおかげだ。二番目に来たAV男優が香織からのコネクターだった。

それにしてもあの女……。

路子は、香織の顔を浮かべて、腹を立てた。

派遣されてきたAV男優は、膣袋の中で指サインを送ってきたのだ。あれには参った。

指サインとは、潜入刑事同士が意思疎通に使う、数字による文字だ。通常は周囲に見られないように、胸元などで、素早くやる。

例えば一と五の組み合わせで『明日』とか、そんな意味になる。視覚で読み取るのが普通だ。こいつを、膣の中でやられると、混乱する。

返すこっちも、肉棹に添えた指でやるしかない。

気持ちがいいやら、解読せねばならないやらで大変だった。笑い話のようだが、ある意味かなりなハードボイルドだ。

コネクターはすでに黒須機関が、周囲を固めだしていることを教えてくれた。そのうえ、膣壺の中にマイクロGPSまで仕込んでいった。なんていうか、避妊具のペッサリーの極薄のものだ。さすがにずっとはつけていられないので、移動した際に装着することにした。

路子もまた、コネクターに伝言を渡した。肉茎の上でトランペットの音階を押すようにして、文字を伝えた。

蓬萊堂食品と周という男を徹底的に洗うように、だ。香織にまで、うまく伝わっているといい。

次のポイントに移動したら、新たなコネクターが来るはずだ。

路子は、この湘南ブルーカントリー倶楽部に到着するなり、ペッサリー型ＧＰＳをアソコに挿入した。

股の間から宇宙に向かって電波が飛んでいるというのは、ちょっと複雑な気持ちだ。世界を超えて宇宙とやっている感じ。

昨夜遅く、移動した。

降ろされたのは海沿いにあるゴルフ場だった。真夜中なので看板などは一切見えなかったが、路子はここが湘南ブルーカントリー倶楽部であると見当がついた。

ホテル棟も備わったリゾートコースであった。

そのホテルのスイートルームに放り込まれ、また裸にされた。平尾と三井に交互に挿入された。

もし、GPSに皮膜型カメラレンズがついていたら、ふたりのどす黒い肉の尖端が、黒須機関のモニターに届くと思うと、超笑える。

そんなことより驚いたのは、その部屋に、プロゴルファーの江波瑠理子が連れてこられ、彼女は佐橋にやられていたことだ。佐橋なので、ノーマル挿入だけではなかった。


「で、結局、まだ帰ってこないってわけね」

路子は、プロゴルファーの顔をまじまじと見た。テレビで、彼女が優勝しトロフィーを抱えた笑顔を何度か見たが、

「そうなんですよ。三千万円はこれまでの貯金だったんですが、祐輔がそれだと、ニューヨークでいろいろな人にコネをつけるには足りないって」

江波瑠理子はドライバーのグリップをクロスで拭きながら、表情を曇らせた。

「どうも残りの二千万が、災難を呼んだようね」

「そうなんです。祐輔が永井エージェンシーから貸してくれるって。自分はもう、めいっぱい借りているから無理だって。私の場合は年内の賞金を担保にすれば、すぐにでも貸し

てくれるだろうと」

「それで借りたわけ？」

「はい。その時点で、まだ五試合残っていたので、二千万ぐらいどうにかなると思っていました」

瑠理子がドライビングレンジに眼をやった。奥のフェンスまで二百五十ヤードある。手前にふたつのミニグリーンがあってピンが立っている。百三十ヤード地点と七十ヤード地点だった。

「あっさり貸してくれました。でもその翌週から、いつものキャディが辞めることになって、ちょっと調子が狂い始めました。次の週は祐輔が旅立つということもあって、ちょっと濃いエッチしたんです」

瑠理子が少しだけ自慢気な顔になった。頷いてやると、話を続けた。

「でも、終わった後に、なんかクスリ飲まされて、寝ちゃったんですよ。起きたら、今度は、私、とんでもなくテンションが高くなってしまって。腕を見ると注射されていたんですね」

「睡眠導入薬（ミンザイ）を飲まされて、覚醒剤（シャブ）を打たれたってこと？　覚醒剤……」

路子は声を潜めた。

「確証はないですけど、多分そうです。祐輔に聞くと『俺がニューヨークに行っている間、ブルーになって負けが込んじゃうといけないからさ。カンフル剤を打っておいた。明後日からのトーナメントはきっと勝つよ』なんて言われちゃって。まいりました」

「違法だけど、とりあえず勝つためにしてくれたことじゃない？」

路子は慰めた。いまひとつ花形の意図が読めない。

「いやいや、ドーピング検査で陽性反応が出たら、失格ですよ。私たちは、試合ごとにチェックを受けているんです」

「そっか。それで覚醒剤なんてなったら、大変だ」

「選手生命は終わりですよ。だから、私、体調不良で、二週欠場したんです」

「ということは、二千万の賞金を得るには、三試合しかないと」

「はい。でも復帰一試合目の前に、祐輔と久遠寺貴子が結婚するという話を知って、もうショックで予選落ちしてしまいました。祐輔に電話しても、ぜんぜん出てくれないし」

瑠理子の眼に怒りが満ちてきた。

おそらく花形は計算ずくの行動だったと思う。

「とうとう残りは一試合になった」

「はい。最後の最後で負けました。でも一部返済で、繰り延べしてくれるんじゃないかみたいな気持ちがどこかにあったんです。春からのツアーで、優勝できなくても、半年あれば何とか返せます。ツアープロでいる限り可能性はあるんです。なのに……」

試合終了後に拉致され、車の中で永井雅治に暴行されたという。利息分らしい。

契約書をよく読んでいなかったのも、花形になってしまったゆえの落とし穴だった。返済不履行の場合は、永井エージェンシーの所属になることになっていた。

「やられている写真、たっぷり撮られましたからね。言うこと聞くしかないですよ。いつか祐輔には仕返ししてやりますけど、当面は生きていくことを考えないと」

瑠理子は不敵に笑った。

失意にあっても生存への意欲は逞しい。プロスポーツ選手のメンタルの強さを見る思いだ。

「妙なこと訊くけど、お父様のお名前は？」

路子は訊いた。

「江波洋二郎です。このゴルフ場の経営者ですよ。奴らの狙いはそっちにあったんですよ」

「なるほどそういうことだったのね」

打席にふたりの女が入ってきた。

タレントの松原佳奈子、冴島由香。青山通り39の中堅に位置するふたりだ。

「私、なかなかまっすぐ飛ばなくて」

そういって中央の打席に入ったのは佳奈子だ。腰を回転させただけでパンツが見えるような、ちょいミニのフレアスカートを穿いている。

「私なんか、ボールが上がらない。ゴロゴロ転がっていくだけ」

由香だ。彼女は裾が切れ上がったショーパンを穿いている。下着を穿いていないらしく、やや捲れた裾から、チラリと陰毛が覗いていた。

ふたりともおよそゴルフ場に来る服装ではない。

ふたりの後から、ゴルフバッグ二セットを両肩に担いだキャディがついて来る。モスグリーンの制服に白い長靴。サンバイザーのようなつばの長い帽子を被っている。制服の胸にはきちんと『湘南ブルーカントリー倶楽部』とプリントされていた。

似合いすぎて、路子は噴き出しそうになった。

黒須機関のメンバーにして格闘家の堀木勇希だ。性癖はL。態度もL。表向きの職業はタクシードライバー。

「ここ置きますね」

勇希はフルセットのバッグ二個を、それぞれの打席の後ろに置くと、ボールマシーンの方へと歩いていく。

このドライビングレンジはボールアップがオートマチックではない。ティーの上に自分でボールを載せなければならないのだ。

ガラガラと音がする。

勇希がプラスチックのカゴに、ボールを入れている。四箱用意している。路子たちのボールも入れているようだ。

「あーら、ルーレットレコードのお姉さんも、やっぱ戦闘要員にスカウトされたんですね」

佳奈子がくるりと腰を捻って、こちらを向いた。スカートが翻って、クリーム色のショーツが見える。ほとんど褌（ふんどし）のようなハイレグだ。

「喧嘩強いもの。当然、こっちのチームに来ると思った。『ファイアー通り999』ね」

由香もショーパンの股布（クロッチ）のくびれを直しながら笑った。

「『ファイアー通り999』？」

路子は首を捻る。

「タレント活動とは別の闇ユニットのひとつよ。ファイアーは女戦闘隊。他の事務所の売れそうな女性タレントに喧嘩を売ったり、身体能力を生かして、堅気（かたぎ）の女の拉致とかするの。もうひとつ『不忍(しのばず)通り８１８１(パイパイ)』という枕営業部隊もある。二か月もいればわかってくるのよ。これは人前に出るタレントじゃないから、年齢も見た目も関係ない。それに向いていればいいんだわ」

瑠理子が声を潜(ひそ)めて教えてくれた。

「ボール置いときます」

片手に二カゴずつぶら下げてきた勇希が、路子の前にもひとカゴ置いていった。そのまま順に瑠理子、佳奈子、由香の打席にも置いて、そのままドライビングレンジを出て行った。路子と視線を合わせることは一度もなかった。

タクシードライバーとして知り合って一年。立派な工作員に成長した。

「私の歳でも『ファイアー通り９９９』に入れるのね」

言いながら路子はさりげなく腕を伸ばし、ボールを一個取った。ボールの山の中に紙片があった。

「喧嘩が強いんでしょう。だったら配属ね。私も同僚ってことよ。腕力があるから」

瑠理子が哀し気に言った。

「おいっ、全員、打席に入れ」

天井のスピーカーから声が聞こえた。伊能の声だった。

瑠理子がすぐに立った。路子も続いた。プロのスイングをまぢかに見られる機会はなかなかない。

ドライバーを抜いて、素振りをしていると、二百五十ヤード先のネットの下の扉が開いて、両手両足を縛られた男がふたり突き出された。

ひとりはわかった。

雷通の子会社にいた桜井守だ。するともうひとりは――。

「桜井、金沢ぁ、偉そうにしてんじゃねぇぞ。花吹雪化粧品のキャンペーンCMの件、いつ決まんだよ」

スピーカーから伊能の声が飛ぶ。

やはり雷通本社の金沢だ。

「だから、クライアントを説得しないと。花吹雪の宣伝部の東山(ひがしやま)さんを銀座に連れて行って接待してんですけど、なかなか承知しないって言ったでしょう。カネを出すのは、クライアントだから、俺たちだけじゃどうにもなんないんだって。伊能ちゃんも田宮さんもそのぐらいわかるっしょ。俺らも、懸命にやってるって」

金沢が喚(わめ)いているが、その声は震えていた。

「佳奈子と由香。一発ずつ打てよ」

「はーい」

佳奈子がフルスイングした。尻がほとんど見えた。

ボールは左に大きく飛び出し、空中で右に流れ出す。百五十ヤードあたりに落下した。

縛られた男ふたりは、二百五十ヤード地点で、ネットにしっかり背をつけて震えていた。

「やめろぉ。伊能ちゃん、勘弁してよ」

桜井はすでに泣き声になっている。

由香がボールを置きに背中を丸めた。ショーパンの股布がぴっちり食い込んで、外陰唇がはみ出ていた。

「桜井、いつまでも俺をちゃん付けで呼んでいるんじゃねぇよ。あぁ？　伊能さんだろ。うちのタレント食って、裏金もふんだくって、偉そうにしてんじゃねぇよ」

由香が振った。トップぎみに入った。弾丸ライナーのようにボールが飛んでいく。百七十度あたりで、ボールが人工芝にキックして左にずれていった。

「は、はい、伊能さん。俺は精一杯、金沢さんにプレゼンしていたわけで」

「だから、俺だけじゃ決められないんだって……」

桜井に責任を押しつけられる格好になった金沢が必死で弁明している。

「寝言は寝てから言えや。実は、キャスティングも楽曲タイアップもてめぇらの一存で決まっているのは知ってるんだよ。クライアントの宣伝担当は、自分で責任を取りたくねぇから、必ず代理店の提案に従ったと言うだろう」

伊能が鋭く突く。

雷通マンもタヌキなのだろう。

「それは建前で……」

「っるせぇ。銀座での一部始終、うちの女が聞いてるんだよ。東山さんは、雷通さんにお任せしますって、一杯飲んで帰ったと言うじゃないか。後はお前らでアフター。おい、いい加減にしろよ。適当な絵を描いてんじゃねえよ」

「おい寺澤。じゃねえな。本名は悠子って言うんだよな」

スピーカーの声に路子は頷いた。まだ足立悠子の素性は割れていないようだ。

「お前、金沢の頭、かち割ってやれ」

「はい」

素直に打席に入った。一度素振りをする。

「いまのヘッドスピードじゃ、キャリーで二百が精一杯よ。方向性は気にせず、頭を動かさないようにして、めいっぱい振って。とにかくネットまで持っていくことよ」

瑠璃子の声がした。

プロにレッスンをつけてもらえるとは、嬉しい。

路子はボールだけをしっかり見つめ、ええいままよと、クラブヘッドを振り下ろした。

ビュンと風を切る音がした。

ヒットしたボールは美しい放物線を描き、二百三十ヤードほど飛んだ。ボールがキックして桜井守の膝を直撃した。

「あぁああ、マジ勘弁してください。俺に権限があるCMには、どれでも宇垣ミイナの新曲を使いますから」

桜井は泣きじゃくっている。

「俺も、花吹雪化粧品、決めますから。曲の使いどころ、伊能さんが決めてください」

金沢もネットに背をぴったりつけたまま、精いっぱいの声を出していた。

「後出しジャンケンみてぇなこと言ってんじゃねぇよ。こういう場合は三倍つけだろう。花吹雪化粧品の夏のメインCMは宇垣ミイナだろ。ついでにオレンジビールのCMは、久々に花形祐輔を入れておけよ。婚約祝いの御祝儀だと思え」

「えっ、そこまではいま確約は……」

金沢がネット下の扉に向かって走った。

「江波プロ、頼みますよ」

　スピーカーの声はそう言っている。

「はい」

　瑠理子はすぐにスイングした。あっと言う間だった。

　乾いた音がした。ボールが低い弾道で、ハイスピードで飛んでいく。

「うわっ」

　金沢の胸の前を横切りネットを直撃した。金沢はその場にへたり込んだ。

「四人とも、一斉に打てよ。とにかく奴らをぶち殺せ」

　伊能の指示に全員でボールを打ち始めた。

　瑠理子のボールはネットを直撃していく。さすがはプロだ。練習場で二百五十ヤードぐらいコンスタントに飛ばせるのだ。

　路子は五番アイアンに切り替えた。こっちの方が百七十ヤードラインをコンスタントに直撃できる。奴らは前に出てこられない。そこにアイドル女ふたりのでたらめなボールが飛びまくるので、金沢も桜井も飛び跳ねるばかりで逃げようがなかった。

「やります。ぜんぶやります」

「言う通りに決めます。うちが圧力掛けられるテレビ局にはすべて出演交渉をします。ルーレットと永井エージェンシーのタレント優先ってことで」

ふたりはタップダンスを踊るようなポーズを繰り返しながら、そう叫んでいた。

「ジャッキー事務所のアイドルとうまく共演できるように仕込めよ。各局のドラマ班に通達しろ」

声が田宮に変わった。この際女性アイドルのほうから食いに出るつもりだ。

「わかりました。やります」

「間違いないです」

「おーし。逃げたら、おまえらの実家を焼き討ちにするからな。桜井、お前、名古屋だよな。金沢、てめぇは青森だろ。もう実家の場所は押さえてある」

田宮がとどめを刺した。

「はいっ」

「絶対に逃げません」

「打ち方やめぇ」

その声に、路子もスイングを止めた。

桜井と金沢がネット裏に引っ張り出されると同時に、路子と瑠理子を連行するための半グレたちもやってきた。ドレッドヘアの連中だった。

路子は素早くボールの山の中から、紙片を拾い、ポケットに隠す。

ホテルのやり部屋に戻されると同時に、トイレに駆け込んで紙片を広げる。

【そこでプレ『グリーンフェス』があります。来週の土日です。プレというのは、一般客を入れず、関係する企業や著名人、政治家などを招待し、ルーレットのタレントたちが接待するんです。丸久商事の久遠寺正一郎社長も呼ばれています。なにか弱みを取ろうという魂胆でしょう。横浜の周一家は、北京の国家安全部のスリーパーですよ。日本の芸能界と半グレを応援して、永田町に手を伸ばそうとしているんじゃないでしょうか。姐さん、土曜に勝負をかけてください。黒須機関総出で、指示を待ちます。香織と淳一は、湘南ブルーカントリー倶楽部の近くの船宿に入っていますので、通信しあえます】

香織からだった。

紙片の中に指輪とピアスが入っていた。指輪がマイクロマイク。ピアスがレシーバーだった。見つからないようにポケットに入れて使うことにした。

さあて、復讐のプランを練るとしよう。

部屋がノックされ、田宮が入ってきた。

「今日はレストランで合コンだ。加藤正彦という男を狙え。総務省の通信事業局の課長だ。いちおうそれは隠してくる。番組制作会社のサラリーマンということになっているが、実は官僚だ。寝るのは『不忍通り８１８１』のメンバーが引き受けるから、おまえさんは、色恋に持っていけ」

「私の役柄は？」

「ルーレットレコードの寺澤路子のままでいい。一発やるんじゃなく、色恋をしかけろ。永井エージェンシーとルーレットでＣＳの放送局が欲しい」

なるほど。こうやって、利権を広げていくわけだ。

花形も丸久商事を落とすための武器だったにすぎないということだ。そして花形はとうに罠に嵌められているということだ。

「はい」

路子は返事をした。色恋には実はもっとも自信がない。精一杯やっても無理だろう。それでいい。

4

土曜日の午後七時だった。

湘南ブルーカントリー倶楽部は、ルーレットレコードが主催する『グリーンフェス』のプレオープンが行われていた。

それはいわゆる公開リハーサル。いわば社会実験の一環だった。

観客をセーブしての、業界関係を中心とした招待客ばかりだが、総勢五千人を集めていた。

もっとも十八ホールのゴルフコースへの五千人なので、ぱっと見はそれほどでもない。

ゲストは二百五十名から三百名単位でアウト・インの各コースに散らばっていた。平均三百二十ヤードのコースにそれぐらいの客数はどうってことない。

ゴルフではないのだ。

コースはライトアップされていた。日没後に使用されることのないゴルフコースをライトアップし、緑を際立たせる演出は、それだけで客を驚かせた。緑のじゅうたんが浮き上がって見えるのだ。

「みなさん。今年の夏にはこのコースで、三日間のフェスを行います。ご覧のように各コースのティーグラウンドとグリーンの上にステージを組み、様々なアーティストが十二時間コンサートを行うのです。各ホールごとに趣向をこらしますよ」

十七番ホール。

ルーレットレコード創業者にして会長の正宗勝男が説明しながら歩いている。ヘッドセットをつけておりその声は、百メートル間隔に据えられたスピーカーから流れ出る。

この夜のために千個以上のスピーカーがこのゴルフ場に集められているのだ。

路子は、その団体の中ほどを歩いていた。

「俺、本当は総務省の人間なんだ。よかったら結婚を前提にお付き合いを願えないか」

男がそう言った。ちょっといかつい。黒いリュックを背負っている。

「それはいい。加藤さんと寺澤君はお似合いだ。わしが仲人を買って出よう」

真横を歩いていた永井雅治が顎を扱きながら言う。

「帝王のお墨つきがあれば、なおさら心強い」

加藤正彦は笑顔を見せた。笑顔が似合わない男だ。

「官僚だったなんて驚きですわ。でもその申し出、お受けします。なんだか照れくさいわ」

路子は加藤に肘鉄を食らわせた。

「加藤君、仕事の件も頼んだよ」

永井の横でわざとらしく田宮が念を押した。

「審査には一年以上かかります。ですが、どうにか押し切ります。僕の言う通りに申請書や設立趣意書を提出してください。それと丸久グループなども出資に参加するのは間違いないですね」

　加藤も念を押している。

「大丈夫さ。うちの花形祐輔と久遠寺貴子さんが結婚する。花形はルーレット・ニューヨークの社長にしてもらう予定だ。ゆくゆくは『ルーレットTV』の社長におさめたい。それで両社の関係は親戚のようになるだろう」

　永井が枯れた声でぼそぼそと言った。

　コースには心地よいウクレレの音が響いている。前方に見えているステージでウクレレの五人組というユニークなユニットがプレイしている。

　一月の湘南にホノルルの風が吹いているようだ。

「それはもう大丈夫ですね。こういっては大変失礼だが、ルーレットと永井さんのところだけでは、与信がやや足りない。免許事業の放送局は百年単位で継続してもらわなければならないんです。そこにはやはり我が国のエクセレントカンパニーに入ってもらいたかった」

　加藤が頭を掻きながら言った。

「そうだと思いますよ。外国資本も入っちゃならないんでしょう」

　永井が片眉を吊り上げた。

ステージがどんどん近づいてきた。

「それはもちろんです、外国資本の比率は極小にかぎられています。なんといっても、日本の放送局ですからね。外国企業の支配下になっては困るんです。それが電波の管理というものでして」

「そういうもんですかね。米軍放送なんかは、東京中に流れてくるのにですなぁ。まあそれはいいです。おふたりはゆっくりイベントを楽しむといい。わしから正宗会長に言ってあるので、今夜は寺澤君は、タレントのケアにつかなくてもよいはず」

永井がステッキを先頭を行く正宗に向けた。

「ホントですか？」

路子は空とぼけた。

「あぁ、大丈夫だ。このまま好きにすればいい。おっとわしらは十八番ホールにちょっと用があってな」

永井が、夜空に向かって空笑いをした。遠くからヘリコプターが飛んできている。

田宮がすぐにジャケットの襟につけたマイクに向かってカートを要請した。

数秒で、五人乗りのカートがやってきた。後部席のひとつに大きなトランクが載っていた。

「ではな。ごゆるりと」

　永井と田宮を乗せたカートは五十メートル進むと、先頭にいた正宗も乗せて、十八番ホールへと消えた。

　路子は加藤に腕を絡めた。

「結婚してくれるんだぁ」

「ばか言いなさんな。あっしは役になっただけ。面が割れていないのはあっしだけだったので」

　傍見文昭が頭を掻く。関東泰明会の組長である。与党極道にして、黒須機関の副長。路子が恋する男である。傍見はなんとも思っていないのだが。

　傍見は与党極道の立場上、その顔はマスコミにもさらしていない。実話週刊誌に頻繁に登場する『出たがり親分』ではないのだ。

「役得で、アイドルとやったんでしょ」

　路子は傍見の股間を見やった。

「やらねぇと疑われるでしょう。服は最後まで脱げなかったんで、しゃぶってもらって、脱がずにぶち込みましたよ。姐さんの言う通り、アイドルのケツにね」

　傍見が照れた。極彩色の刺青は見せられないだろう。

「なら、ぼちぼち、私らもとどめを刺しに行きましょうか」

「へぇ、ゴルフ道具は十八番ホールにキャディが運んであります」

「ありがとう。特殊ボールも一緒ね」

「へぇ、芝浦の倉庫でせっせと詰めて、クルーザーでここまで運んできたので、足はついていねえかと。仰せの通り二種類作りました。一種類は香織さんが渡しましたよ」

「そいつをぶちかましてやる。香織は指示通りに？」

「はい、あっちです」

傍見が夜空を指さした。星しか見えなかった。

まあいい。


十八番ホールに轟々と音を立てたヘリコプターが舞い降りてきた。ジェットヘリだ。グリーン前を占領してしまった。

政治家の登場だった。

「深澤満男じゃねぇか」

傍見が言った。

「そこが絡んでいたのね。なるほど世田谷方面の意味がわかったわ」

無所属の実力者。与野党双方に顔が利き、永田町の調整弁などと揶揄される政治家だ。

三十年前、貿易会社からの収賄が発覚し、有罪が確定したことから与党民自党を離党した。だがその後も、三十年小選挙区で当選を続けている怪物だ。世田谷の要塞のような屋敷に住んでいる。

有罪歴がなければ、総理になっていた男とも称されている。

「周一家が後押ししていると」

「そうです。シンガポールにいる垂石さんが裏を取っています。政局が変わるたびに、北京に対処法を伝えていると」

これで完璧に繋がった。チャイナロビーの頭目はこの男だ。

深澤は、秘書ふたりに抱えられながら十八番ホールにいた丸久商事の社長久遠寺と握手をしている。

「とりあえず、永田町の芸能界ラインをぶった切るしかないわね。他の業界に比べて影響力が大きすぎるわ」

「では予定通り」

「それにしても、超ＶＩＰの移動というグッドな理由をつけたものね」

「まったくですよ。永田町の怪物が草を背負ってくるとは、誰も思わない」

傍見が人垣を分けてどんどん前に進んだ。路子も進む。

アコースティックユニットの緩い音楽が流れているものの、ヘリコプターが羽を回しているために聞こえない。

衆人の眼が深澤と久遠寺に注がれているなか、ヘリの乗降口から、ギターケースやドラムセットの箱が下ろされている。ヘリはルーレットのチャーターという体裁をとっているようだ。

平尾と三井が運び出しているのを確認している。終わると自分たちが乗り込んだ。

佐橋と手下の若者たちが、せっせと運んでいる。田宮はイヤホンに手を当て頷いている。

永井が片手を上げる。

カートを運転していた男が、トランクを持ってきた。永井の横に茶封筒を持った紳士が現れた。封筒を永井に渡す。

湘南ブルーカントリー倶楽部の現経営者、江波洋二郎だ。瑠理子の父である。娘の肉交の写真を見せられおどされたのだろう。

「契約書ね。買い取り成功っすか」

傍見が呟いた。

「サインをするまでは、成立しないわ。それと契約書も燃えちゃったらナシだし」

「ですな」

江波瑠理子がドライバーを一本だけ持って近づいてきた。

「あの」

まだ戸惑った顔だ。

「大丈夫。言う通りここで待機していて。私の妹が迎えに来るから」

路子は早口で言った。

積み荷を降ろすと、ヘリに永井、田宮、佐橋が飛び乗った。さっさと契約書を東京に持ち帰りたいのだろう。

正宗だけが残っているのは、あくまでも表の顔でスポンサーサービスをするということだ。それと政治家対策。

あくどいことは、平尾、三井に任せているようだ。

路子と傍見はヘリの縁に向かって走った。揃って、リュックを背負っていた。

「待ってください。僕らも乗せてください」

「いや、これはちょっと」

田宮が眉間に皺をよせ、扉を閉じようとした。

「私たちも東京に帰りたいんですよ」

路子は扉をこじ開けた。

「いやいや、この機で、会議をしたいんだ。寺澤、おまえはお前の仕事をしろよ」

平尾が座ったまま、加藤の顔に顎をしゃくった。

「そういうわけにもいかないのよね。妖怪は征伐しないと」

路子は上半身をぐいと乗り出した。

「なんだこら！ もう一発、ケツにぶち込まれたいのかよ」

佐橋も一緒になって閉めようとした。

いきなりヘリは垂直に舞い上がった。路子は佐橋の手首に嚙みついた。

「なにすんだよ」

佐橋がのけぞる。

同時に傍見が田宮の顔面に拳を打ち込んでいた。

「くわぁああ、加藤って、おめえなにもんだ！」

田宮もひっくりかえった。

旋風に吹き飛ばされそうになった。路子と傍見は足をバタつかせながら、上空二十メートル付近で、ヘリの室内に這うようにして上がった。扉を開けたままなので、突風が入り込んでくる。竜巻のようだ。室内にあった紙やプラスチックコップが飛び散っていた。

「わぁああ、早く扉を閉めろ」

永井がタスキ状にかけたシートベルトを握りしめたまま、喚いている。もう一方の手には封筒が握られていた。

枯れた紳士の面影はどこにもなく老醜（ろうしゅう）をさらしているだけだった。

他の連中もそれぞれがシートベルトに摑まっていた。佐橋と田宮は床に這い、シートの鉄脚に摑まっている。

傍見がリュックから足に巻く錘（おもり）を出した。路子と傍見はそいつを巻いた。動きは鈍いが、吹き飛ばされる心配は軽減された。

「渡瀬（わたせ）、振り落とせ。おまえにヘリの免許を取らせたのは、役者としてだけじゃないぞ」

田宮が操縦席に叫ぶ。

「はいっ」

パイロットも仲間のようだ。ヘリが大きく左に傾いた。

「バカ、書類が飛んじまう」

永井が怒鳴る。ヘリは水平飛行に戻った。だが、強風に誰も動けないでいる。

路子は佐橋のズボンを脱がしにかかった。

「よせ、こんなときに何をする」

「うるさいわね。あんたには、特別頭にきている」

ズボンとトランクスを膝下まで下ろす。尻が剝き出しになった。傍見に手を差し出すと、ゴルフボールを三個手渡された。通常のボールよりも軽い。

一個ずつ佐橋の窄まりに埋める。

胸にメラメラと怨念が去来する。

「んん。んがっ」

むずかりながらも、佐橋は恍惚の色を浮かべた。三個放り込み終わる。

「この尻フェチがぁ。悶え死ねやぁ！」

路子は錘を付けた足を思い切り上げた。尻穴めがけて振り下ろす。

「うわぁあああああああああ」

ボールが尻の中でさらに沈んだ。何度も踏む。

「うわぁあああああ。やめてくれ、早くとってくれ。腸にボールが上がっちまう」

「臭いものには蓋って言うでしょう。あんたの腹の中は悪意だけだからね。激辛の蓋よ」

路子は佐橋の尻山に乗り、スタンピングした。すべての怒りをぶちまける。

「おぉお、あっ」

佐橋が奇妙な声を上げた。次の瞬間、転げ回った。

「熱い、あちち、何だこりゃ、腹が燃える」

ボールが割れて中身の唐辛子が炸裂したのだ。佐橋はのたうちながら、開いたままの乗降口へと転がっていく。

「あぁあああああああ」

腹を抱えたまま、落下していった。

「姐さん、なんか、この処理方法粋じゃないすね」

殺しにも美学をもっている傍見は口をへの字に曲げた。

「時にはありよ。これ、腹いせってやつ」

レイプへのリベンジは、三倍返しでなければ収まらない。尻には尻を、だ。

「悪女を怒らせるとこういうことになる」

傍見が、暗い海に波が上がる様子を眺めながら、額に手を当てた。呆れていることには変わりない。

「ダーリン、そろそろ、ここにいる悪党どもを一斉処分ね」

「誰が、ダーリンですか……まずはこれを」

傍見が苦笑しながら、リュックからガスマスクをふたつ取り出した。

「はい？」

「香織さんから武器が」

開いたままの扉から、さらに強風が吹き寄せてきた。隣に、もう一機、ヘリが飛んでいた。警視庁の「おおとり号」だ。

エンジン音が快適だ。小気味のいい十六ビートに聴こえる。

香織が窓辺で手を振っている。背後に江波瑠理子の顔も見えた。十八番ホールから、無事に連れ出してくれたらしい。

二機のヘリコプターが星空の下、沖合へと並んで飛行した。相模湾に出る。

路子と傍見は、ガスマスクをつけた。

「こいつをバラ撒きましょう」

傍見が、黒い瓶を差し出してきた。

「液体爆弾？」

瓶を受け取り、路子は首を傾げた。

「ニューヨークからの土産だそうです」

蓋を開け、田宮たちに向かってバラ撒いた。

「あぅうううう、くせぇ、うはっ、吐く」

田宮は一呼吸遅れて口を押さえ、半身を起こした。そのとたん、強風に身体を持っていかれた。

「うわぁあああああああ」

ゲロをまき散らしながら、海に向かって落下していった。マスクを装着している路子でさえも、かすかにその臭いを感じた。

直接嗅いだならば、確かに吐くような悪臭だ。なんて土産だ。

永井と三井も口を押さえていた。

「苦しい」

永井の顔が引き攣っている。

「あんた闇の帝王とか呼ばれているわよね」

永井にさらに黒い瓶を向けた。

「誰かが勝手にそう呼んでいるだけだ」

永井は口から吐きながら喚いている。

「やめろっ、直撃するなっ」

「闇の帝王は、闇に送ってあげるわ。まっとうな世の中には二度と帰ってこないで！」

「うわぁああ」

口を押さえて暴れる永井の両手を摑み乗降口の前に引きずり出す。

「私を空から捨ててやるって言ったわよね！」

「うわわあ、やめろっ」

喚くその口に、悪臭ボトルを咥えさせた。

「あわわわ」

芸能界の帝王の顔が、一気に萎んだ。路子はその腹を、思い切り蹴とばした。

「ぐわっ」

栓を抜いたばかりのシャンパンのように、盛大に吹き上げた帝王が落下していった。

路子と傍見は、扉から顔を出し、落下する帝王を凝視した。

沖には大きな波がいくつも来ていた。月が反射して美しい。その美しい海に、悪の塊が突入していく。

バーンと、波しぶきが上がった。

「地獄の底まで沈むといいわ」

路子は静かに言った。

平尾と三井はすでに気をうしなっていた。パイロットも苦しそうだ。機がダッチロールし始めた。

もうこの機に用はない。

「では移動しますかね」

傍見がロープを取り出した。『おおとり号』は、ダッチロールするこちらの機に合わせて飛行してくれている。

その扉が開いた。

路子がロープを投げた。尖端に錘がついている。おおとり号の中に尖端が入る。

香織が受け取りフックにかけた。

先に路子がロープを伝って、滑り込んだ。

「ただいま！」

「お疲れさま！」

傍見も滑り込んできた。

「さてと、江波プロ、あの機にとどめのボールを撃ち込んで」

路子は、ドライバーを握っている瑠理子に親指を立てた。

「了解しました」

瑠理子が、傍に置かれた革の鞄から、ボールを取り出した。

香織が床にティーを置く。

「このボール、凄いのよ」

ガスマスクを外しながら、路子は笑った。

ルーレット号は、再び水平飛行に戻っていた。扉が開いたままなので、悪臭が抜けるのが早かったようだ。

「証拠はすべて消しておかなくちゃね」

路子は瑠理子の背後に立ち、腕を組んだ。

「任せてください。自慢のフックボールです」

瑠理子が素振りもナシで、いきなりボールをヒットした。

ボールがまっすぐ飛び出していく。ルーレット号が、逃げるように左に旋回する。陸地に戻る感じだ。

眼下にライトアップされた湘南ブルーカントリー倶楽部のホテル棟が見えてきた。佳奈子たち武闘組と枕営業組が大挙して待機しているはずだ。他にいるのは将軍連合の戦闘員たちばかりだ。

すーっと、吸い込まれるようにボールはルーレット号のヘリの扉の中に入った。

「ドカン!」

路子は口ずさんだ。

二秒遅れて、ルーレット号がオレンジ色の炎に包まれた。ボールに爆薬が詰まっている。着弾すると破裂する仕組みだ。

ルーレット号は、炎に包まれたままホテルの方へと緩やかに落下していった。

「お願い、あの上に真っ逆さまに落ちて」

路子は手を合わせた。

「もう一回、ドカン！」

今度は香織が言った。

ドカン！

轟音が上がった。

ルーレット号は、風に流されながらも、ホテルの三階の窓に激突した。たちまち、火の手が上がる。

「あぁ、すっきりした！」

芸能界へリベンジを果たした瑠理子が屈託なく笑った。

「闇処理完了。帰路について」

路子は片手を挙げて、パイロットに伝えた。

十八番ホールで、逃げ惑う客たちが見えた。

「久遠寺社長など罪なき人々は、姐さんの指示通り、潜り込ませたうちのスタッフたちがすでに、安全地帯に誘導してあります。あそこで焦りまくっているのは、悪党ばかりですよ」

傍見が缶ビールのプルを引きながら言っている。

深澤や正宗の姿がどうにか視認できた。

——次は政界の黒幕、深澤満男の処理だわ。

路子は心に誓った。

本作品はフィクションであり、実在の個人・
団体などとは一切関係がありません。

一〇〇字書評

切り取り線

購買動機（新聞、雑誌名を記入するか、あるいは○をつけてください）	
□（　　　　　　　　　　　　　　　）の広告を見て	
□（　　　　　　　　　　　　　　　）の書評を見て	
□ 知人のすすめで	□ タイトルに惹かれて
□ カバーが良かったから	□ 内容が面白そうだから
□ 好きな作家だから	□ 好きな分野の本だから

・最近、最も感銘を受けた作品名をお書き下さい

・あなたのお好きな作家名をお書き下さい

・その他、ご要望がありましたらお書き下さい

住所	〒				
氏名		職業		年齢	
Eメール	※携帯には配信できません		新刊情報等のメール配信を 希望する・しない		

この本の感想を、編集部までお寄せいただけたらありがたく存じます。今後の企画の参考にさせていただきます。Eメールでも結構です。

いただいた「一〇〇字書評」は、新聞・雑誌等に紹介させていただくことがあります。その場合はお礼として特製図書カードを差し上げます。

前ページの原稿用紙に書評をお書きの上、切り取り、左記までお送り下さい。宛先の住所は不要です。

なお、ご記入いただいたお名前、ご住所等は、書評紹介の事前了解、謝礼のお届けのためだけに利用し、そのほかの目的のために利用することはありません。

〒一〇一－八七〇一
祥伝社文庫編集長　清水寿明
電話　〇三（三二六五）二〇八〇

祥伝社ホームページの「ブックレビュー」からも、書き込めます。

www.shodensha.co.jp/bookreview

祥伝社文庫

帝王(ていおう)に死(し)を　悪女刑事(あくじょデカ)・黒須路子(くろすみちこ)

令和 4 年 1 月 20 日　初版第 1 刷発行

著　者　沢里裕二(さわさとゆうじ)

発行者　辻　浩明

発行所　祥伝社(しょうでんしゃ)

東京都千代田区神田神保町 3-3
〒 101-8701
電話　03（3265）2081（販売部）
電話　03（3265）2080（編集部）
電話　03（3265）3622（業務部）
www.shodensha.co.jp

印刷所　堀内印刷
製本所　ナショナル製本
カバーフォーマットデザイン　芥 陽子

Printed in Japan ©2022, Yuji Sawasato　ISBN978-4-396-34785-7 C0193

祥伝社文庫の好評既刊

祥伝社文庫の好評既刊

沢里裕二　**悪女刑事（デカ） 無法捜査**

警察を裏から支配する女刑事黒須路子が、はぐれ者を集め秘密組織を作った。最凶最悪の半グレの野望をぶっ潰す！

沢里裕二　**悪女刑事（デカ） 東京崩壊**

緊急事態宣言下の東京で、キャバクラの爆破や略奪という不穏な事件が頻発。謎の組織の暗躍を摑んだ悪女刑事は……。

沢里裕二　**悪女刑事（デカ） 嫉妬（しっと）の報酬**

悪女刑事・黒須路子の後ろ盾が死んだ。飛び降りたカップルの巻き添えを食ったのだ。それが周到な罠の幕開けだった。

沢里裕二　**女帝の遺言　悪女刑事（デカ）・黒須路子**

違法上等！　暴発捜査！　手が付けられない刑事、臨場。公安工作員拉致事件の背後に恐ろしき戦後の闇が……。

笹沢左保　**霧に溶ける**

ミス・コンテスト最終審査目前、美女五人が次々と襲われる。完全犯罪の企みと女の狂気が引き起こす事件の真相とは！

笹沢左保　**取調室　静かなる死闘**

完全犯罪を狙う犯人と、「証拠」と「自供」からそれを崩そうとする刑事。取調室の中で繰り広げられる心理戦！

祥伝社文庫の好評既刊

安達瑶

悪漢刑事(わるデカ)の遺言

地元企業の重役が、危険運転の末に瀕死の重傷を負った。その裏に〝忖度〟と金の匂いを嗅ぎつけた佐脇は――？

安達瑶

密薬 新・悪漢刑事

警察に性被害を訴えていた女子大生が水死体で見つかった。彼女が勤しんでいた高収入アルバイトの謎とは？

安達瑶

報いの街 新・悪漢刑事

肩身の狭い思いをしていた元ヤクザが、偶発的な殺しの被疑者に。関西の巨大暴力団を巻き込み、大抗争が始まる！

安達瑶

悪漢刑事(わるデカ) 最後の銃弾

向かうところ、全員敵。〝上級国民〟に忖度してたまるか！ ワルデカ佐脇、刺し違え覚悟の捨て身の一撃!!

安達瑶

内閣裏官房

忖度、揉み消し、尻拭い――超法規措置でニッポンの膿を処理する。陸自出身の武闘派女子が秘密組織で大暴れ！

安達瑶

政商 内閣裏官房

政官財の中枢が集う〝迎賓館〟での惨劇。内閣裏官房が暗躍し、相次ぐ自死事件を暴く！